은찬이의 연주는

끝나지 않았습니다

일러두기

나이는 한국식(출생 연도부터 1살)으로 표기하였다.
노래, 영화 제목은 〈 〉로 표기하였다.

은찬이의 연주는 끝나지 않았습니다

이보연 지음

봄름

프롤로그

찰나였지만 찬란했던 12년 4개월

지난 10여 년간 저의 아침을 깨우던 것은 시끄러운 알람 소리도, 눈부신 햇살도 아니었습니다. 아침 여섯 시면 일어나 쓰윽 거실에 나가 앉아 오늘은 무슨 책을 읽을까 책장을 뒤적거리며 흥얼거리던 아들의 콧노래였습니다. 아들은 아침잠이 많은 엄마의 피곤한 아침을 행복하게 밝혀주던 햇살이었습니다.

아들이 떠난 후에도 저의 아침을 깨우는 것은 아들

입니다. 아들이 너무나도 살고 싶어 했던 삶을 허투루 보내면 안 된다는 묵직한 책임감이 하루하루 저를 일으켜 세웁니다.

우리 아들 은찬이는 12년 4개월이라는 짧은 생을 살았습니다. 그중에서도 반 이상을 급성림프백혈병으로 투병하다가 열세 살 어린나이에 하늘나라로 떠났습니다. 그런데 눈을 감으면 떠오르는 생전 아이의 모습은 언제나 웃는 얼굴입니다. 처음 항암치료를 시작하고, 병원 건물 지하에 있는 미용실에서 머리카락을 홀딱 밀던 날에도 여섯 살 은찬이는 웃고 있었고, 떠나기 전 마지막 수다를 떨 때도 열세 살 은찬이는 웃는 얼굴이었습니다. 어른이 감당하기에도 힘들고 괴로운 순간조차 웃어주던 은찬이는 부모인 제가 봐도 존경스러운 아이였습니다.

저는 은찬이의 첫 책은 '위인전'이 될 줄 알았습니다. 백혈병을 극복하고 훌륭하게 자라 누군가를 돕는 사람이 될 거라고 굳게 믿었거든요. 그런 은찬이가 위인전의 반도 써보지 못한 채 떠나갔습니다. 은찬이를 보내고 한참 생각했습니다. 어째서 우리 은찬이가 부족한 나보다 먼저 떠나야 했을까.

3, 4년 전 즈음 아들을 구급차에 태워 서울의 병원으로 향하던 날이었습니다. 뉴스에서만 보던 '모세의 기적'을 직접 경험하며 문득 '효자 아들 덕에 별 경험을 다 해보네'라고 생각했습니다. 그 후로도 아들은 수많은 기적을 보여주며 그 어떤 영화보다 스펙터클한 경험들을 하게 해주었습니다. 어쩌면 아들 덕에 경험했던 수많은 기쁨과 슬픔, 희망과 좌절을 나누는 것이 남겨진 저의 일이 아닐까 합니다. 찰나였지만 눈부시도록 찬란했던 아들의 생을 곱씹고 반추하며 한 글자 한 글자 은찬이의 이야기를 써내려갔습니다.

이 책을 그저 평범한 투병기로 보지 않았으면 좋겠습니다. 은찬이가 백혈병에 걸렸던 아이로만, 킴리아

치료를 받지 못하고 떠난 아이로만 기억되지 않았으면 합니다. 비록 그 마지막은 병원이었지만 아프기 전에는 여느 아이처럼 평범했고, 어느 아이보다 특별했음을 보여드리고 싶어 은찬이가 아프기 전의 모습까지도 적어봅니다.

부모로서 아파하는 아이를 지켜보며 제가 할 수 있는 일은 살려달라고 애원하며 기도하고 매달리는 것뿐이었습니다. 대신 아파줄 수도, 아프지 않게 해줄 수도 없는 무기력한 하루하루 중에도 항상 감사할 줄 알고 평온했던 은찬이를 보며 많은 것을 배웠습니다. 이 책을 보시는 분들도 은찬이의 삶을 통해 결국 자신의 삶을 되돌아보기를 바랍니다. 그래서 한 명이라도 세상을 바라보는 눈빛이 온화해지고, 나와 상관없다고 생각했던 남을 돌아보는 계기가 되었으면 합니다. 아울러 같은 아픔을 겪고 있는 분들이 이 글을 통해 조금이라도 용기를 얻고 힘을 내 살아갈 수 있으면 좋겠습니다.

차례

3장

이제 그만
멈춰달라고
애원했다

4장

매일 1퍼센트
희망에
매달렸다

1장

사랑받는
아이가 되기를
바랐다

아이가 처음 나에게 오던 날

2008년 4월부터 2009년 2월까지

스무 살에 만난 남자와 7년 연애 끝에 결혼을 했다. 몇 년쯤 신혼을 즐기고 아이를 가지라는 주변의 조언에 귀 기울여볼 틈도 없이 결혼하고 얼마 지나지 않아 임신테스트기로 선명한 두 줄을 확인했다. 곧장 찾아간 산부인과에서 콩닥콩닥 힘차게 뛰는 아이의 심장소리를 들었을 땐 경이로움의 눈물이 주르르 흘렀다. 벌써 엄마가 된다는 사실이 두렵기도 하고 얼떨떨했지만 금세 기쁨으로 바뀌었다. 우리 사랑의 결실인 소중한 생명이기에.

임신 초기부터 유난히도 입덧이 심해 아무것도 입에 댈 수 없었다. 출근해서는 자리에 앉아 있는 시간보다 화장실 변기통을 붙잡고 토악질하는 시간이 더 많아 결국 임신 몇 달 만에 다니던 직장을 그만둘 수밖에 없었다. 배 속부터 까칠한 녀석이라고 태명도 '까칠이'로 지었다.

4개월은 되어야 태동이 느껴진다고들 하던데, 까칠이는 임신 3개월 무렵부터 일찌감치 존재감을 드러냈다. 처음에는 뽀글뽀글하는 느낌이었다가, 점점 배가 부를수록 발길질이 심해지더니 막달쯤에는 가만히 앉아 있어도 배가 이쪽저쪽 울룩불룩 움직일 만큼 한시도 가만히 있지를 않았다. 그럴 때면 우리 부부는 "애 이러다가 축구선수 되는 거 아니야?" 하며 볼록 나온 그 발을 꼬옥 눌러 안으로 밀어 넣으며 깔깔대곤 했다. 그렇게 발길질을 하다가도 클래식 음악을 틀어주면 마치 음악을 감상하듯 찬찬히 부드럽게 움직였다. 배 속의 아이를 느끼는 일은 오직 엄마만이 할 수 있는 신비로운 경험이었다.

까칠이는 양가뿐만 아니라 우리 부부 친구들 중에서도 첫 아이였기에 주변의 기대가 남달랐다. 아이가 태어나기도 한참 전부터 삼촌은 병아리가 그려진 파스텔 톤의 벽지로 아이의 방을 도배해주었고, 할머니들은 아이가 태어나서 쓸 가구며 이불이며 준비하기 바빴다. 친구들은 아이가 태어나면 선물하겠다며 옷과 장난감을 신나게 사 모았다. 모두 아이가 세상에 나오기도 전에 이미 모든 것을 준비해놓고 아이의 탄생만을 손꼽아 기다렸다.

한 달에 한 번 산부인과 정기검진을 다녀오는 날이면 그들의 기대에 부흥하기 위해 병원에서 들은 소식을 여기저기 전하기 바빴다. 잘 보이지도 않는 손바닥만 한 초음파 사진을 들여다보며 아빠를 닮았네, 엄마를 닮았네 따져보기도 했고, 음악을 잘할까 운동을 잘할까, 머나먼 미래를 일찌감치 그려보기도 했다. 그때마다 배를 문지르며 "사랑받는 아이가 되게 해주세요"라고 기도했었는데 이미 세상에 나오기 전부터 사랑받고 있는 아이임이 분명했다.

많은 사람들의 기대 속에 아이는 엄마 배 속에서 열 달을 꽉 채우고 예정일에 딱 맞춰 신호를 보냈고 반나절이 넘는 밀당 끝에 3.4킬로그램으로 건강하게 태어났다. 병원 이름이 적힌 새하얀 배냇저고리를 입고 끝이 뾰족한 모자를 쓴 채 신생아 침대에 누워 '이보연 아기'라는 이름표를 달고 있던 아이의 모습을 잊을 수가 없다. 내 몸에서 빠져나온 생명체가 꼬물꼬물 살아 움직이며 눈 떠 세상을 보려 애쓰고 있었다. 쌕쌕, 끙끙 소리를 내는 아이를 가슴에 안고 출산의 고통도 잊은 채 한참을 바라만 보고 있었다. 예쁘다. 이 말 말고는 다른 말이 떠오르지 않았다. 새하얀 피부에 눈도, 코도, 발가락마저도 몽땅 다 예뻤다.

한참 후에야 바로 옆에서 순서를 기다리고 있던 남편에게 아이를 건넸다. 3.4킬로그램이라고는 하지만 건장한 아빠의 팔뚝만 한 작디작은 아기였다. 그런 아이를 커다란 아빠가 안고 있으니 고목나무에 매미가 매달렸다는 표현이 딱 어울릴 만큼 우스웠지만 남편은 아랑곳하지 않고 입가에 희미한 미소를 머금은 채 연신 아이를 안고 살랑살랑 흔들어댔다. 그 모습을 보는 나도 같은 표정을 짓고 있었다.

아이를 집에 데려온 후에도 삼칠일이 지나기가 무섭게 반찬을 가져왔다거나 장난감이나 옷을 사두었다는 핑계를 대며 양가에서 자주 우리 집을 찾았다. 어른들은 아이를 한참씩 물고 빨다 가곤 했고, 친구들도 하루가 멀다 하고 조카 얼굴을 보겠다며 들렀다. 그 덕인지 아이는 낯을 가리지 않았고 사람을 보면 생글생글 잘 웃으며 따라서 어딜 가도 예쁨을 받았다. 그냥 유모차에 앉아만 있어도 지나가던 사람조차 다시 돌아보며 "아이고 예뻐~" 하며 쳐다볼 정도였다.

남들 눈에도 이런데 엄마 눈에는 오죽할까. 그저 작은 천사였다. 요즘 말로 '등 센서'가 달려 한시도 내려놓을 수 없을 만큼 예민한 아이라서 내내 안고 있느라 손목이 남아나질 않았지만 잠든 아이의 모습이 너무나도 예뻐서 차마 내려놓지 못하고 한참을 안고 들여다보며 나도 모르게 배시시 웃게 될 정도로 예뻤다. 아이는 나에게 존재 자체로 행복이었다.

부모의 사랑을 독차지한 것은 물론이고 가족, 친구들, 아이와 마주치는 동네 사람들 할 것 없이 아이를 본 모두가 아이를 예뻐했다. "사랑받는 아이가 되게 해주세요"라고 빌었던 나의 기도가 그대로 이루어진 듯했다. 이렇게 기도를 잘 들어주실 줄 알았더라면, 다른 소원을 빌걸. 건강한 아이가 되게 해달라고 기도할걸. 그런 말도 안 되는 후회를 지금도 하고 있다.

빛날 희熙,
빼어날 수秀

2009년 3월부터 2012년 2월까지

처음부터 은찬이는 아니었다. 태어나서부터 열한 살까지 부르던 이름은 '희수'였다. 빛날 희熙, 빼어날 수秀. 희수.

할아버지께서 집안의 돌림자를 써서 손수 지어주신 이름이었다. 미신 따위 믿지 않는다고 고집하며 흔한 작명소 한번 가보지 않고 할아버지가 지어주신 이름을 그대로 썼다. 남자 이름 같기도 하고 여자 이름

같기도 한 '희수'가 참 좋았다. 어릴 때부터 새하얀 얼굴에 항상 생글생글 웃고 다니던 아가에게 '희수'라는 이름이 참 잘 어울렸다. '곱다'는 표현을 종종 들을 만큼 예쁘장한 얼굴이라 이름을 듣고도 "남자예요? 여자예요?"라고 되묻는 사람들이 많았다. 그조차 기분 좋은 일이었다.

희수는 자랄수록 이름처럼 반짝반짝 빛났다. 모든 일에 눈을 반짝이며 하나라도 더 배우려고 했다. 아기 때부터 그랬다. 가만히 누워만 있는 아기들은 때가 되면 으레 뒤집고 기고 잡고 서다가 언젠가 걷기 마련이다. 큰 노력을 하지 않아도 누구나 결국 하게 되는 일들이다. 그런데 희수는 그때마다 뭔가 조금 달랐다.

신생아들의 첫 미션인 뒤집기는 보통 생후 3~6개월 사이에 시작된다. 희수는 3개월 차부터 몸을 뒤집으려 용을 썼다. 얼굴 새빨개지도록 낑낑대며 몸을 반쯤 돌리다가 힘들면 빽빽 울기도 했다. 어디가 아픈 건 아닌가 걱정될 즈음, 몸을 딱 뒤집고는 그제야 씨익 웃었다. 생후 110일 되던 날이었다. 뒤집기를 몇 번 더 반복하는가 싶더니 익숙해지자마자 또다시 양쪽 눈썹에 힘을 잔뜩 주고는 팔다리를 세우며 기어갈 준비를 시작했다. 그 후로도 새로운 도전을 할 때마다 항상 젖 먹던 힘까지 끌어 모아 노력하다가 결국 성취해내고는 씨익 웃고 곧바로 다음 도전을 이어갔다.

일찍부터 종알종알 말을 잘하는 여자아이들에 비하면 남자아이인 희수는 말이 빠른 편은 아니었다. 아니, 그렇다고 생각했다. 그런데 두 돌 무렵 어느 날, 한쪽 방구석에 돌아앉아 장난감을 만지작거리며 "규. 규우. 귤" 하며 혼자 발음 연습을 하고 있는 아이를 발견했다. 말이 느린 것이 아니라 완벽한 발음이 되기 전에는 입 밖으로 내지 않았던 것이었다. 아이는 그렇게 조그마할 때부터 뭐든 완벽하게 잘하고 싶어 했다. 어떤 것이든 누가 시키지 않아도 잘하게 될 때까지 스스로 반복하고 또 반복했다. 태어날 때부터 뭐든 열심히 하면 잘할 수 있다는 마인드를 이미 지니고 나온 듯했다.

열심히만 하는 게 아니었다. 뭐든 새로운 것을 알고 배우기를 매우 좋아했다. 보통의 남자아이들이 밖에 나가서 뛰어놀고 모래놀이나 칼싸움을 즐겨할 두세 살 무렵부터 이 녀석은 숫자와 문자를 더 좋아했다. 걷지도 못할 때부터 기어 다니며 책을 뽑아와 백 번이고 천 번이고 읽어달라고 졸랐고, 책을 읽는 긴 시간 동안 책을 뚫어져라 바라보며 놀라운 집중력을 보였다. 나중에는 책 내용을 다 외워버리고는 틈만 나면 책꽂이 근처에 가만히 앉아서 책을 넘기며 혼자 책 내용을 중얼거리곤 했다.

조금 커서는 숫자 놀이와 알파벳 맞히기를 좋아했다. 알록달록한 자석 블록을 화이트보드에 순서대로 줄 세우고 A, B, C, D 맞추면서 너무 재밌는지 팔을 흔들며 팔딱팔딱 뛰었다. 어린아이가 집 안에서 가만히 공부만 하는 게 걱정스러워서 일부러 바깥놀이라도 시키려 밖으로 데리고 나가봐도 아이는 엘리베이터의 숫자를 보고 눈을 동그랗게 뜨며 "일, 이, 삼, 사… 이십이, 이십삼" 하며 숫자를 읽는 데 심취했다. 밖에 나가면 길가에 주차된 자동차 번호판이나 아파트 동호수, 시내버스처럼 숫자가 적힌 모든 것에 흥분하며 놀이터는 잊은 채 숫자를 읽고 다니기 바빴다.

그러다 보니 특별히 가르치지 않았는데도 자연스레 수를 익히고 자연스레 글자를 읽었다. 어릴 때는 공부 대신 산과 들로 놀러 다니고 자유롭게 지내다가 공부는 학교에 들어가서 시작하면 된다고 생각했었다. 얌전하고 차분한 아이보다는 개성 있고 통통 튀는 아이가 되기를 바랐는데 그런 엄마의 바람과는 정반대로 아이는 스스로 어른들이 좋아하는 '엄친아'가 되어갔다. 예쁘장한 얼굴에 성격과 행동이 거칠지 않고 공부를 좋아하며 얌전하게 앉아 책을 읽고 어른과 대화가 잘 통하는 남자아이는 말 그대로 '엄친아'였다.

그런 모습이 부모의 눈에도 신기했지만 남들보다 조금 더 빠르거나 조금 더 똘똘할 뿐이라고 생각하며 욕심내지 않으려 애썼다. 하지만 아이의 남다름은 그 뿐이 아니었다. 연년생 동생이 태어난 후는 더 신기한 모습을 보여줬다.

터울이 적은 아이들은 동생이 태어나면 부모의 사랑을 빼앗긴다고 생각해서 질투한다길래 마음의 준비를 하고 있었는데, 희수는 21개월 차이로 태어난 동생을 금방 받아들였다. 다른 아이들처럼 미워하거나 괴롭히기는커녕 직접 기저귀를 챙겨주고 고사리같은 손으로 토닥토닥 재우는 시늉도 했다. 엄마가 화장실 가느라 잠시 자리를 비우면 동생이랑 놀아준다며 동생 손에 아끼는 장난감 자동차를 쥐어주고 옆에 쪼그리고 앉아 말을 걸고 있을 정도로 의젓했다. 엄마가 동생을 안고 젖을 먹이면 동생이 다 먹을 때까지 그 앞에 무릎을 끌어안고 앉아 초롱초롱한 눈으로 쳐다봤다. 그 모습이 그렇게 사랑스러울 수가 없었다.

가끔은 엄마인 내가 봐도 평범하기 그지없는 우리 부부 사이에서는 도저히 나올 수 없는 아이라는 생각이 들었다. “하나님이 실수로 희수에게 너무 많은 걸 주신 것 같아”라고 종종 말할 정도로 아이는 자라는 내내 이름처럼 예쁘고 사랑스럽고 빛나고 빼어났다.

평범해서
특별했던 날들

2012년 3월부터 2012년 7월까지

요즘도 마찬가지겠지만, 당시에도 두 돌쯤이면 어린이집에 보내는 게 일반적인 분위기였다. 아이 아빠는 1년 중 6개월 이상 출장 중이라 정말 '독박육아'를 해야 했다. 연년생 남매를 어린이집에 보내지 않고 집에서만 키우는 게 쉬운 일은 아니었지만, 젊은 엄마의 패기였는지 그때는 무조건 유치원에 가기 전까지는 내 손으로 키워야겠다고 생각했다. 어린이집에 다니며 면역력이 약해져 감기를 달고 사는 것도 싫고 이런

저런 핑계들이 있었지만, 사실은 내 아이들이 자라는 예쁜 모습을 하나도 놓치고 싶지 않은 마음이 가장 컸다.

아이들과 하루 종일 집에 있다 보니 게을러지려면 한없이 게을러질 수 있었지만 부지런한 희수 덕에 항상 이른 아침부터 하루를 시작했다. 희수는 아침 일곱 시가 되기도 전에 일어나 독서로 하루를 시작하는 아이라 나 역시 일찌감치 일어나 아침 식사를 준비해야 했다. 계란말이, 멸치볶음, 감자국 같은 간단한 반찬만 준비해도 아이들은 맛깔나게 밥그릇을 싹싹 비웠다. 먹이고 치우고 간단한 집안일을 마치고 나면 흡사 어린이집과 비슷한 스케줄로 하루가 흘렀다.

아이들은 엄마가 피아노 앞에 앉아 있을 때를 가장 좋아했다. "즐겁게 춤을 추다가 그대로 멈춰라!" 빨라졌다가 느려졌다가 하는 내 피아노 소리에 맞춰 두 녀석은 엉덩이를 씰룩거리고, 양쪽 두 번째 손가락을 치켜세워 하늘을 쿡쿡 찌르며 춤을 추다가 노래가 끝나면 쥐 죽은 듯 멈췄다. “누가 움직이나 보자~” 하며 잡으러 가는 시늉을 하면 아이들은 요리조리 도망다니고, 한 아이의 옆구리만 간지럽혀도 두 녀석 모두 까르르 웃음보가 터져 데굴데굴 구르다가 “다시, 다시!”를 외쳐댔다. 이걸 열 번쯤 반복하면서도 아이들은 지칠 줄 몰랐다. 〈악어떼〉 노래를 부르며 바닥을 기어 다니고 〈둘이 살짝 손잡고〉를 부르며 왈츠 추듯 두 손을 잡고 빙글빙글 돌기도 했다.

“엄마 이번엔 미술 놀이 해요” 하며 자기 몸집보다 더 큰 전지를 질질 끌고 나오는 아이의 성화에 못 이겨 물감놀이라도 시작하는 날이면 두 녀석의 온몸은 색색으로 물감 범벅이 되었다. 전지에서 미끄럼을 타다 못해 데굴데굴 구르다가 결국에는 내 손에 들려 욕실로 옮겨졌다. 욕조에서도 풍덩풍덩 물장구를 쳐대는 바람에 욕실은 온통 물바다가 되곤 했다. 어떤 날은 베란다 가득 밀가루 두 포대를 쏟아놓고 푸덕거리며 밀가루 놀이를 했고, 어떤 날은 미역 한 봉지를 몽땅 불려 베란다를 가득 채우고 엎드려서 파닥파닥 헤엄을 치기도 했다. 두 녀석은 집에서 어느 문화센터보다, 어느 어린이집보다 신나게 놀았다. 둘이라서 사회성 걱정도 없었다.

가끔은 두 녀석 앉혀놓고 영어와 수학 공부도 했다. 어린이 책상에 영어 동화책 한 권을 펼쳐놓으면 누가 먼저랄 것도 없이 [illegible] 2인용 의자를 끌고 와 둘이 딱 붙어 앉아 눈을 반짝였다. 몇 줄 되지도 않는 영어 동화책을 어서 엄마가 읽어주기를 기다렸다가 읽어주면 서툰 발음으로 따라 하거나 둘이 주거니 받거니 아는 척하기도 했다. 희수는 한 살 많은 오빠라고 아직 잘 모르는 동생을 챙기며 차근차근 알려주었고, 동생은 또 그런 오빠를 잘 따랐다. 영어든 수학이든 한자든 뭐든 배우고 싶은 것이 있으면 책상으로 가져와 엄마를 찾았다. 그럴 때마다 수업하듯 가르쳐주면 희수는 "우리 집엔 뭐든 다 가르쳐주는 엄마 선생님이 있어"라며 좋아했다.

여름이면 어김없이 베란다 풀장을 열었다. 베란다에 꽉 차는 커다란 풀장을 설치하고 미끄럼틀까지 연결하면 아이들은 여름 내내 동네 친구들을 차례로 초대해 물놀이를 했다. 알록달록 수영복으로 갈아입고 차례차례 미끄럼틀을 미끄러져 물로 풍덩 다이빙하는 것만으로도 아이들은 까르르 웃음보가 터졌다. 추울까 봐 따뜻한 물을 끓여 커다란 들통으로 연신 낑낑 나르면서도 아이들 깔깔거리는 소리를 들으면 피로가 가셨다.

아파트 단지 내에 있는 작은 꽃밭은 우리의 정원이었다. 정해진 시간이면 스프링클러가 돌아갈 만큼 알아서 관리가 잘되는 정원인데도 희수는 자기가 정원사라도 되는 냥 "꽃밭에 물 주러 가야 할 시간이야" 하며 작은 물조리개 한가득 물을 담아 엘리베이터를 타고 내려갔고, 뭣 모르는 둘째 역시 "나도, 나도" 하며 물통 하나 들고 쫄래쫄래 오빠를 따라 내려갔다. 커다란 꽃밭에 고작 물 한 바가지씩 주면서도 뭐가 그리 뿌듯한지, 뒷짐 지고 꽃밭 한 바퀴 휘휘 둘러보는 모습이 그렇게 귀여울 수가 없어서 매일같이 꽃밭 산책길을 따라나섰다.

꽃밭은 동네 아지트이기도 했다. 집에서 하기 어려운 색모래 같은 장난감들을 가지고 나가 놀고 있으면 동네 아이들이 하나둘 모여들어 결국은 온 동네 친구들이 함께 놀았다. 그곳에서 자전거도 타고 숨바꼭질도 하고 여름이면 이름 모를 열매를 줍거나 줄지어 다니는 개미를 구경했고 비 온 다음 날에는 땅 위로 올라왔다가 길을 잃은 지렁이를 구경하며 시간을 보냈다.

오후 네 시. 스프링클러가 돌아갈 시간이 다가오면 아이들은 바빠졌다. 등에 물통이 달린 커다란 물총을 메고 나가 동네 꼬마들이랑 뛰어다니며 물총 놀이를 할 시간이었다. 하나둘 모여드는 아이들이 너 나 할 것 없이 물총을 쏘며 뛰어다니면 엄마들은 물통에 물을 채워주기 바빴다. 신나게 뛰어놀다가 쉬가 급한 남자아이들은 구석에 있는 나무에 등을 돌리고 서서 급한 불을 끄곤 했는데, 그 모습을 지켜보던 두 돌잡이 딸이 그 나무 앞에 서서 배꼽을 내밀고는 "쉬~" 하며 오빠들 흉내를 내서 온 동네 사람들이 배꼽 잡은 적도 있다. 아이들은 그렇게 자랐다. 체력이 넘쳐나는 아이들을 따라다니며 그 모습을 지켜보던 그때가 몸은 힘들지만 행복했다.

희수 오빠는 동생바보

2012년 8월부터 2012년 11월까지

"주황색은 어디 있나?" "여이(여기)." "아니. 주황색은 어디 있나?" "여이? 여이? 여이?" 색색의 퍼즐 매트를 깔아놓고 희수가 노래 부르듯 문제를 내면 두 살 동생은 또 열심히 맞히려고 노력은 하는데, 아직 색깔을 몰라 이리저리 찍어보지만 다 틀린다. 그 모습이 우스워 동영상까지 찍어놓고 보고 또 보며 깔깔댔었다. 엄마 눈에는 그저 귀엽기만 했는데, 동생을 가르쳐보겠다는 희수의 표정은 사뭇 진지했다.

희수는 아주 어릴 때부터 그랬다. 아이답지 않게 우리 가족, 우리 가족 하며 가족을 끔찍이도 아꼈고 그중에서도 동생이 최우선이었다. 다른 아이들은 밖에 나가면 자기 동생을 뒷전에 두고 남의 동생만 챙겨서 엄마들이 "남의 동생 챙기듯 네 동생을 좀 챙겨봐라!"라며 어이없어 했는데, 희수는 안에서도 밖에서도 마치 부모처럼 동생을 챙겼다.

놀이터에서 가장 인기가 많은 그네 앞에 줄 서서 기다리다가 차례가 오면 부리나케 동생을 불러 앉히고 그네를 밀어줬다. 꺄르르 동생의 웃음소리를 들으며 아빠 미소 짓는 연년생 오빠 덕분에 놀이터에서 엄마는 그다지 할 일이 없었다. 가끔 동생이 울음보가 터져 엄마에게 안기기라도 하면 희수는 더 논다고 떼쓰지도 않고 동생의 짐을 주섬주섬 챙겨 집으로 앞장섰다. 놀이터에서 더 놀지 못해 아쉬울 법도 한데 원망 한 번 없이 집에 돌아와서도 동생의 기분을 챙겼다. 오빠라고는 하지만 서너 살밖에 안 된 어린아이였다.

동생의 기분만 챙기는 것이 아니었다. 동생이 아주 어릴 때부터 언제 크나만 기다리는 것 같더니 동생이 조금씩 클 때마다 하나하나 가르치기 시작했다. 어른들에게 배운 것처럼 밖에 나갔다 오면 동생을 욕실로 데려가 세면대에서 손을 씻기고, 밥을 먹고 나면 손수 칫솔에 치약을 짜들고 동생을 따라다니며 이를 닦였다. 동생도 그런 오빠가 싫지 않은지 시키는 대로 곧잘 따르며 오빠 등을 보며 자랐다.

희수는 동생보다 한 살 더 먹었다고 제법 어른스러운 척하며 항상 동생을 걱정했다. 동생이 넘어져서 살짝 다치기라도 하면 반창고를 가지고 달려와 덕지덕지 붙여주며 조심하지 그랬냐고 폭풍 잔소리를 했다. 밖에 나가면 동생이 뛰다가 다치기라도 할까 봐 손을 꼭 잡고 다녔고, 동생이 그 손을 뿌리치고 뛰기라도 하는 날이면 불같이 화를 내며 잔소리하다가 결국 엄마에게 "네가 어른이냐"는 핀잔을 듣고서야 잔소리를 멈췄다.

아빠가 집에 있는 주말이면 자주 여행을 갔다. 희수가 가장 좋아하는 날이었다. 잔뜩 들뜬 마음으로 개구리 모양의 초록색 백팩 가득 짐을 챙겨 차에 싣고는 먼 길을 달려 여행지에 도착하면 누가 시키지 않아도 희수는 동네에서처럼 동생 손을 꼭 잡고 다녔다. 한번은 콧노래를 흥얼거리며 길을 걷다가 마주한 작은 징검다리 앞에서 동생이 "무서워~" 하며 주저앉았었다. 그러자 희수가 동생에게 속닥속닥 무어라 말하더니 힘껏 손을 잡아 당겨 일으켜 세우고는 먼저 한 발을 뻗어 나아간 후 동생에게 손을 내밀어 징검다리를 건널 수 있게 이끌어주는 게 아닌가. 그 모습이 너무 예뻐 내 눈에는 마치 영화 속 한 장면처럼 슬로우 모션으로 흘러갔다.

희수는 언제나 한결같이 동생을 옆에 앉혀놓고 책을 읽어주고, 때가 되면 공부를 가르쳤다. 동생이 네 살이 되자 "유치원 가려면 숫자랑 한글은 알아야지" 하며 책상에 앉혀놓고 연필을 잡고 하나하나 가르쳤다. 동생은 때때로 그런 오빠의 잔소리가 싫어 뾰로통해지기도 했지만 희수는 그런 동생을 어르고 달래며 진득하게 가르쳤다. 말로만 시키는 오빠가 아니라 스스로 의젓하게 앉아 공부하고 책 보는 모습을 많이 보여주다 보니 동생도 영향을 받지 않을 수가 없었다. 그런 모범적이고 열정 넘치는 오빠 덕에 동생은 성장과정마다 필요한 학습이 다 되어 있어서 내가 따로 무얼 가르치지 않아도 되었다.

비가 많이 내려서 밖에 나가지 못하는 날이면 베란다에 있는 작은 트램폴린에서 둘이 손을 꼭 잡고 "방방 수세미, 까꼬끼꼬 수세미"라는 자기들만의 주문을 외우며 땀이 뻘뻘 나도록 방방 뛰었다. 한참을 그 위에서 데굴데굴 구르다가 결국 웃음보가 터지고 나면 기분 좋게 둘만의 키즈카페 문을 닫았다.

해마다 봄이 무르익을 때쯤이면 노랗던 민들레꽃이 하나둘 하얀 털옷으로 갈아입는다. 유난히 홀씨를 좋아하던 희수는 길을 걸을 때마다 고개를 푹 숙이고 다니다가 민들레가 보이면 한 움큼 꺾어 모아 동생에게 뛰어갔다. "이거 봐. 민들레 씨야. 내년에 더 많이 피우라고 후 불어주자!" 아이는 반을 뚝 떼어 동생에게 건네주고는 둘이 동네 구석구석을 돌아다니며 볼에 바람을 잔뜩 넣고 얼굴이 새빨개질 때까지 후 불어 멀리멀리 날려 보내고는 다음 해에 다시 민들레꽃이 피기를 기다렸다.

함께 노는 데 있어서 둘의 성별이 다른 것은 전혀 문제가 되지 않았다. 주로 동생이 원하는 놀이를 오빠가 같이 해주는 식이었지만 둘은 착 붙어 다니며 인형놀이도 하고 역할 놀이도 하며 잘 놀았다. 둘은 커다란 욕조에 거품을 잔뜩 내고 함께 들어가 까르르 소리를 지르며 첨벙첨벙 물장구치고 놀던 사이였다. 악기 하나씩 들고 말도 안 되는 연주회를 진지하게 하던 사이였고, 이불속에서 사라지는 마술을 함께 연구하던 사이였다. 그렇게 둘은 인생에서 가장 친한 친구가 되었다.

꼬마 천재
바이올리니스트

2012년 12월부터 2014년 3월까지

희수는 아가 때부터 음악을 좋아했다. 아니, 배 속부터 좋아했다는 표현이 맞겠다. 워낙 엄마 아빠가 음악을 좋아했고 밴드 음악을 하다 만난 사이라서 그럴 수밖에 없었으려나. 아이가 세상에 나오기 전부터 우리 아이는 공부보다는 음악 쪽으로 재능이 있으면 좋겠다고 생각할 정도였으니 아이의 음악적인 행동 하나하나를 더 일찌감치 발견했을지도 모른다.

쪽쪽이를 입에 물고 기어 다니던 시절에도 음악을 틀어주면 장르를 불문하고 아빠다리를 하고 앉아 몸을 좌우로 흔들흔들하다가 한쪽으로 쿵 넘어지고는 꺄르르 웃는 게 일상이었고, 잠깐 안 보면 싱크대 안을 뒤져 냄비 뚜껑들을 꺼내 늘어놓고는 쨍쨍 두드리며 입이 찢어져라 크게 웃어댔다. 조금 커서는 제법 정확하게 노래를 따라 부르고 엉덩이를 씰룩씰룩 흔들며 박자 맞춰 진지하게 율동을 했다.

아이는 음악이라면 특별히 장르를 가리지 않고 좋아했지만 유난히 클래식을 좋아했다. 두세 살 무렵부터는 텔레비전 채널을 돌리다가 오케스트라 연주 장면이라도 나오면 막대기 하나 들고 마치 지휘자라도 된 듯, 땀을 삘삘 흘려가며 한 시간이 넘는 긴 교향곡 연주가 끝날 때까지 지휘를 했다. 내 아이가 퀸의 프레디 머큐리나 비틀즈 같은 음악가가 되기를 내심 기대할 만큼 록을 좋아하는 부모에게 클래식을 사랑하는 아이는 고개를 갸우뚱하게 만드는 존재였다.

아이가 바이올린에 빠진 때는 정확하게 네 살 여름이었다. 바이올린 연주자를 만난 것도, 오케스트라 연주를 본 것도 아니었다. 바이올린을 연주하는 주인공이 나오는 만화 〈리틀 아인슈타인〉을 보더니 갑자기 바이올린을 사달라고 조르기 시작했다. 처음에는 진지하게 생각하지 않았다. 그 또래 아이들이 보통 그렇듯 하루 이틀 지나면 잊어버릴 거라고 가볍게 생각했다. 그런데 여간해서 무얼 사달라고 조르는 법이 없던 [illegible].

당시 집안일을 돕거나 착한 일을 할 때면 칭찬 스티커를 하나씩 주고 한 판을 가득 채우면 갖고 싶어 하던 것을 사주곤 했었기에 새끼손가락을 내밀며 말했다. "그럼 칭찬 스티커 100개 모으면 바이올린 사 줄게!" 아이는 별일 아니라는 듯 씩익 웃으며 새끼손가락을 걸더니 그날부터 엄청난 속도로 스티커를 모으기 시작했다. 평소에도 집안일을 잘 돕고 착한 일을 잘하는 아이였지만 바이올린이라는 목표가 생기자 없는 일까지 만들어 하더니 두 달도 안 되어 기어코 스티커 100개를 모두 모았다.

게다가 아이는 대충 장난감 바이올린으로 때워보려는 엄마의 마음을 간파했는지 "칭찬 스티커 다 모았으니까 이제 바이올린 사주세요. 장난감 바이올린 말고 진짜 바이올린으로"라며 구체적으로 요구했다. 결국 아이 성화에 못 이겨 진짜 바이올린을 사주었다. 네 살 아이에게 딱 맞는 어른 손만 한 크기의 1/10 사이즈 바이올린을 어렵게 구했다. 그때까지 바이올린 사이즈가 그렇게 다양한 줄도 몰랐다.

그 작은 바이올린을 받아 들고는 뛸 듯이 기뻐하던 것도 잠시, 아이는 혼자서는 바이올리니스트처럼 멋지게 연주할 수 없다는 사실을 깨닫고 잠시 생각에 잠겼다. 그리고 잠시 후 "엄마, 이제 바이올린 선생님을 불러주세요"라고 말했다. 네 살 아이가 정말로….

선생님을 찾는 데도 꽤 많은 시간이 걸렸다. 지금 처럼 온라인 커뮤니티가 활발한 시절이 아니었던 데다가 네 살 아이를 가르쳐보겠다는 선생님도 드물었다. 수소문 끝에 옆 동네 유치원 수업을 나가신다는 선생님을 어렵게 찾아 연락했지만 다섯 살 이하는 가르치지 않는다고 했다. "조금 있으면 다섯 살인걸요. 한글도 다 알아요. 또래 아이들보다 얌전하고 말도 잘 알아들어요." 한참을 졸라 일단 아이를 한번 보러 오시기로 했다.

원래는 한번 보고 아직 어려서 안 되겠다고 할 생각으로 오셨다는데 예상과 달리, 네 살짜리 꼬마애가 열의에 넘쳐 눈을 반짝이고 있으니 일단 가르쳐보겠다며 손을 잡아주셨다. 희수는 그렇게 네 살 12월에 바이올린을 배우기 시작했고, 그 후 평생을 바이올린을 사랑하며 살게 되었다.

처음에는 아이가 어리니 레슨을 놀이처럼 진행하

기로 했는데 워낙 이해가 빠르고 스스로 욕심을 내다 보니 곧 언니, 오빠들처럼 초록색 표지의 정식 교재로 수업을 받게 되었다. 고작 〈반짝반짝 작은 별〉을 배우면서도 마치 천재 바이올리니스트 니콜로 파가니니라도 된 듯 열정적으로 연습하니 진도가 쭉쭉 나갔다. 열심히 하는 아이의 모습에 선생님은 1년 만에 콩쿠르에 나가보자고 권하셨고 아이는 고심 끝에 응했다.

그렇게 여섯 살 3월. 희수는 첫 콩쿠르에 참가했다. 남색 정장에 나비넥타이를 하고 머리를 단정히 넘긴 아이는 당당하게 무대에 올랐다. 떨릴 만도 한데 한 번을 틀리지 않고 아름다운 선율을 뽐냈고, 좋은 상을 받아 시상 무대에도 올랐다. 희수는 좋아서 어쩔 줄을 몰라 했다. 희수가 그렇게 기뻐하는 모습을 그날 처음 본 것 같다. 입이 귀에 걸려 "엄마, 나 계속 열심히 해서 콩쿠르 또 나갈래요!"라고 말하는 아이의 하얀 얼굴이 반짝반짝 빛났다.

취미는 배우기,
특기는 익히기

──────── 2013년 3월부터 2014년 10월까지

희수는 밝고 건강하게 잘 자라 다섯 살에 유치원에 들어갔다. 노란 유치원 버스를 타고 첫 등원을 하던 날이 아직도 생생하게 기억난다. 처음 하는 기관 생활이라 엄마랑 떨어지기 힘들어하지는 않을까 걱정했지만 희수는 불안해하기는커녕 잔뜩 들떠 있었다. 처음 보는 선생님께 배꼽인사를 하고 버스에 올라 야무지게 안전벨트를 매고는 창밖을 내다보며 설레는 표정으로 엄마가 안 보일 때까지 머리 위로 크게 손을 흔

들었다. 그렇게 버스와 함께 떠나는 아이를 보며 기특함과 허전함에 괜스레 눈물이 핑 돌았다.

이유는 모르겠지만 나는 '어른스럽다'는 말을 그다지 좋아하지 않는다. 아이는 아이다운 것이 제일 어울린다고 생각해서 하루 종일 노는 데 시간을 보내다가 가끔은 작은 사고도 치고 때때로 마음대로 안 될 때면 생떼도 부리며 그렇게 평범하게 자랐으면 했다. 그런데 희수는 내 마음과는 달리 아이답지 않게 자랐다. 장난감에도, 노는 일에도 크게 욕심내는 법이 없었다. 아이가 유일하게 떼쓸 때는 무언가 배우고 싶을 때였다.

친구네 집에 있는 장난감이 아닌 교구나 책에 욕심을 부렸고 밖에서 놀다가도 수학 공부를 해야 한다며 집으로 뛰어 들어오는 일이 잦았다. 명절에 할머니 댁에 갔다가도 저녁이 되면 이제 공부하러 집에 가야 한다며 떼를 써서 언제부턴가 외출할 때면 책과 문제집을 싸 들고 다녀야 했다.

워낙에 스스로 공부하는 것을 좋아하다 보니 사교육 한번 받은 적 없는데도 스스로 한글을 떼고 영어책을 읽었다. 일찍부터 관심이 많던 숫자는 말할 것도 없었다. 다른 아이들이 1에서 10까지 배우기도 전에 희수는 이미 세 자릿수 이상을 이해하고 덧셈, 뺄셈을 했다. 유치원 수업이 너무 쉬워 재미가 없을 정도가 되다 보니 이대로 학교에 가면 수업 시간에 흥미가 떨어질 것 같아 되도록 앞서가지 않으려고 했지만, 내 마음대로 되지 않았다.

노트에 스스로 수학 문제를 내고 답을 맞히는 놀이를 반복하더니 "엄마 나 혼자 하는 건 너무 쉬워서 재미가 없어요. 어려운 수학 문제 풀고 싶어요"라며 문제집을 사달라고 졸랐다. 별 기대 없이 초등학생용 사고력 문제집을 사주었는데 그게 너무 재미있다며 하루에도 몇 시간씩 붙잡고 앉아 야무지게 연필을 쥐고 눈동자를 데굴데굴 굴리며 앉은자리에서 반 권씩 풀어냈다. 그 시간 동안 그렇게 행복해할 수가 없었다.

희수는 신기할 만큼 영어에 대한 거부감이 없었다. 만화도 영어로 봤고 영어책을 재미있게 읽으며 영어로 노래를 흥얼거렸다. "희수가 외국에서 살다 왔나요?" 유치원 영어 선생님께 전화가 올 만큼 배우는 속도가 빨랐고 발음 또한 정확했다. 희수에게 영어는 공부가 아니라 소통을 위한 언어였다. 그러다 보니 어떤 단어는 우리말보다 영어가 먼저 떠오를 정도로 한국어와 비슷하게 유창해졌다. 나보다도 영어가 유창해질 즈음에는 "엄마, 외국인이랑 영어로 얘기하고 싶어요"라고 졸라서 화상 영어 공부를 시작했고 외국인 선생님과 깔깔 웃으며 대화를 했다. 특별히 해준 것도 없는데 그저 신기할 따름이었다.

희수는 여느 또래 아이들이 가만히 앉아 책을 읽는 것 자체가 어려울 나이에도 한번 책을 읽기 시작하면 앉은자리에서 몇 십 권씩 곁에 쌓아놓고 읽었고, 책에서 새로운 것을 배울 때마다 신이 나서 종알거렸다.

새로운 것은 뭐든 배우고 싶어 해서 길거리에서 받은 한자 포스터를 자기 방 벽에 붙여놓고 한 글자씩 외우다 신나서 방방 뛰었고, 알려준 적도 없는 세계 국기와 수도를 어느 날 모두 외워버렸다. 습득력이 놀라울 정도였다. 그렇지만 엄마의 설레발로 아이를 다그치거나 자랑하거나 아이를 힘들게 하는 실수를 하게 될까 봐 '다른 아이들보다 조금 빠를 뿐이야' 하며 애써 모른 척했다. 그러나 낭중지추라고, 아이가 어디에 가서 무엇을 해도 속도가 남들과 다름이 티가 나다 보니 주변 여럿이 아무래도 아이가 영재인 것 같으니 지능 검사를 받아보라고 권했다.

수일을 고민하다가 여섯 살에 지능 검사를 받으러 가던 날, 희수는 그게 뭐라고 아침부터 들떠 있었다. 30분도 집중하기 어려운 여섯 살 나이에 세 시간이 넘는 긴 검사를 받고 나오면서 희수는 마치 재미있는 놀이라도 한 듯 "엄마 나 여기 계속 오고 싶어요. 이런 거 매일 하고 싶어요"라며 즐거워했다. 결과는 예상대로였다. 호불호가 강하고 집중력이 뛰어나며 언어 능력을 특히 타고난 '전형적인 영재 성향의 아이'.

아이는 스스로 배우고 싶어 했고 좋아하는 것을 찾아 깨우치곤 했다. 한동안은 과학에 빠져서 과학책을 닥치는 대로 읽더니 얼마 후에는 과학 실험에 빠져서 걸핏하면 소다에 빨간 물감을 섞은 식초를 부어 화산 폭발 실험을 했다. 햇빛이 좋은 날이면 집 앞 해 잘 드는 공터에 돋보기를 들고 나가 아빠다리 하고 앉아 마른 나뭇잎과 시간 싸움을 하기도 했다. 어느 날은 소금을 물에 녹였다가 증발시켰다가 분주하기도 했고 드라이아이스라도 생긴 날엔 온 집 안을 연기로 가득 채우고 깔깔댔다.

희수의 하루하루는 언제나 배움으로 바쁘고 즐거

웠다. 1분 1초도 허투루 보내는 법이 없었다. 이런 아이를 키우는 것은 부모로서 축복받은 일이었다. 특별히 무얼 해주지 않아도 하루하루 자라고 발전하는 아이를 보고 있으면 그저 신기하고 행복했다. 그럴수록 욕심을 내지 않으려 다짐하고 또 다짐했다. 하늘이 맡긴 아이, 욕심내지 말아야지.

2장

제발 살려만 달라고 기도했다

성장통인 줄 알았는데

2014년 11월

일주일 전쯤부터 무릎과 엉덩이가 자꾸 아프다고 했다. 이맘때 아이들이 흔하게 겪는 성장통 같아 마사지를 살짝 해주고 넘겼는데 이틀 전부터는 다리를 절기 시작했다. 유치원에서는 계단을 못 오를 정도로 아파해서 선생님이 업어주셨다고 전화가 왔다. 흔한 성장통이겠지만 괜스레 불안해졌다. 별것 아니라는 의사의 말을 들어야 안심할 것 같았다.

여섯 살이나 된 아이를 유모차에 태워 동네 정형외과를 찾았다. 일단 엑스레이 사진을 찍고 문진과 촉진을 하던 의사는 아이에게 "너 뛰어노는 거 좋아하는구나?"라고 물었다. "아니요. 얘는 가만히 앉아서 공부하고 말로 노는 걸 좋아하는데요?" 아이 대신 내가 대답하며 무릎 근처에 생긴 유난히도 큰 멍까지 보여줬지만 의사는 대수롭지 않다는 듯 이름도 생소한 '오스굿씨 병'이라는 진단명을 붙여주었다.

검색해보니 흔하지도 않을 뿐더러 운동선수들이나 가끔 걸리는 병이었다. 희수는 운동을 즐겨하기는커녕 너무 가만히 앉아 있어서 걱정인 아이인데 무릎을 써봐야 얼마나 쓴다고…. 의아했지만 당분간 해열진통제를 먹으며 경과를 지켜보자는 의사의 진단에 일단 약을 받아 돌아왔다.

며칠 진통제를 먹여봤지만 그다지 차도가 없었다. 에너자이저 같던 아이는 쉽게 피곤해하며 쉬고 싶어

했다. 동네에서 자주 마주치던 이웃이 "희수 어디 아프니? 오늘따라 얼굴이 아픈 애처럼 유난히 하얀데!" 라고 걱정을 내비쳤지만 나는 "원래 하얗잖아~ 겨울 되면 더 하얘지더라고" 하며 대수롭지 않게 넘겼다.

그날 저녁. 아이는 여덟 시도 안 되었는데 피곤하다며 동생보다 먼저 이불속으로 들어갔다. 아이를 키우던 내내 한 번도 없던 일이었다. 워낙 잠이 없어서 낮잠을 뗀 지도 오래였고 평소에는 아홉 시가 넘어도 책 한 권만 더 읽으면 안 되냐고 조르고 조르다 한참 후에야 잠들던 아이였다. 깜빡 잠들었던 아이는 밤 열한 시 즈음 무릎이 너무 아프다고 울면서 깼다.

'무릎 아픈 걸로 응급실까지 가기엔 애매한데…' 생각하며 방 불을 켜 아이의 얼굴을 들여다보는데, 눈가에 붉은 반점이 촘촘히 올라와 있었다. 아무래도 이상했다. 근처에 사시는 친정엄마를 급히 호출해 둘째를 맡기고 희수와 택시를 타고 응급실로 향했다. 밤

열두 시가 다 되어서야 집 근처 대학병원 응급실에 도착했다. 이것저것 수속을 하고 기다리다가 자정을 넘긴 다음 날이 되어서야 의사를 만날 수 있었다.

"무릎이 아프다고 해서 정형외과에 갔었는데 오스굿씨 병이라고 진단을 받았어요. 처방받은 진통제를 먹이고 있는데도 자다가 깨서 울 정도로 무릎을 아파해요. 아, 그리고 눈가에 붉은 반점들도 보여요. 낮까지만 해도 없었거든요." 평소 웬만큼 아파서는 엄살부리는 법이 없던 아이는 이 와중에도 계속 무릎이 아프다며 흐느꼈다.

하지만 보통 응급실이 그러하듯 당장의 응급 상황들 때문에 우리는 투명 인간이 된 듯했다. 의사로부터 아무 답변도 듣지 못한 채 시간이 꽤 지난 후에야 무릎 엑스레이를 찍을 수 있었고, 그러고도 시간이 더 흘러서야 겨우 혈액검사를 받을 수 있었다. 그런데 채혈을 하던 간호사가 깜짝 놀라며 말했다. "어? 얼굴에 핏줄이 다 터졌네?" "이게 핏줄이 터진 거예요? 집에서 출발할 때부터 그랬어요. 혹시 수두 같은 전염병은 아닐까 걱정했어요."

혈액검사 결과는 두 시간 후쯤 나온다고 해서 그렇게 또 다시 누울 수도 없는 불편한 간이의자에 아픈 아이를 앉혀놓고 조금만 참자고 달래며 하염없이 기다렸다. 한 시간이 조금 지났을까. 갑자기 인턴이 와서 진료를 받기 전에 수납을 먼저 하고 오라고 했다. 건네받은 서류를 들고 수납 창구에 가니 직원이 서류를 받아 들고 의아해하며 물었다.

"특진 신청하셨어요?" "아니요." 창구 직원은 의아해하면서 어딘가로 전화를 걸더니 금세 표정이 어두워져서는 얼른 수납 처리를 해줬다. 수납을 마치자 아이는 한쪽 침대에 자리 잡을 수 있었고 나는 진료실에 혼자 불려 들어갔다. 아까 인턴과 다른, 연차가 더 많아 보이는 의사 선생님이 어두운 표정으로 컴퓨터 모니터를 내 쪽으로 돌려 혈액검사 결과를 보여주며 조심스럽게 말을 꺼냈다.

"아이 얼굴이 유난히 하얘서 적혈구 수치에 이상이 있을 거라는 생각은 했는데, 여기 보시면 백혈구 수치도 많이 이상합니다." 첫마디를 듣는 순간 눈물이 터지듯 쏟아졌다. 내가 의식하는 것보다 빠르게 어떤 병명이 뇌리를 스쳤다. 떨리는 손에 힘을 꽉 주어 주먹을 꽉 쥐고 있는 나에게 의사는 쐐기를 날렸다. "백혈병인 것 같습니다."

아직 확진은 아니지만 거의 확실하다고 했다. 아이 곁으로 돌아와 한참을 울며 어떻게 해야 할지 생각했다. 우선 미국에 출장 가 있는 아이 아빠에게 알려야 할지 말지부터 결정해야 했다. 확진이라면 부르는 게 당연하지만 혹시 오진일 수도 있으니까, 하는 실낱같은 희망으로 30분쯤 고민하다가 결국 아이 아빠에게 연락했다. "지금… 한국으로 들어올 수 있어?"

그 후로도 아침이 될 때까지 여러 선생님들이 돌아가며 병명과 대략적인 예후에 대해 설명해주었다. '하늘이 노래진다'는 말을 그날 이해했다. 당장이라도 쓰러질 것처럼 온몸이 떨리고 정신이 혼미했지만 선생님들의 말 한 마디도 놓치지 않으려고 이를 악물고 정신 차리려 애썼다. 당장 아이 곁에는 나뿐이었기에 그래야 했다. 그사이 아이는 급하게 혈소판 수혈을 받았고, 면역력이 낮다며 마스크가 씌어졌고, 진통제를 맞았지만 여전한 무릎 통증에 고통스러워했다.

급성림프백혈병 진단을 받다

2014년 11월

이른 아침. 드디어 아이를 맡아줄 박준은 교수님을 볼 수 있었다. 교수님은 무릎을 잡고 엉엉 울고 있는 희수를 보더니 “뼈 통증이 진짜 아픈 거야. 선생님이 금방 안 아프게 해줄게” 하며 간호사에게 당장 모르핀 주사를 놔주라고 지시하셨다. 나에게는 항암 치료를 시작하면 금방 괜찮아지겠지만 일단 지금은 정말 아플 테니 마약성 진통제를 조금 쓰자고 설명해주셨다.

그리고는 자신 있는 목소리로 "자세한 검사를 해봐야 알겠지만 대략적인 혈액 수치를 봐서는 아마 '급성림프백혈병'인 것 같습니다. 여섯 살이면 나이로도 표준위험군이니 치료도 생각보다 어렵지 않고 완치율도 80퍼센트 이상입니다. 요즘은 85퍼센트까지 보기도 해요"라고 덧붙이셨다. 무언가 더 길게 이야기하셨지만 '85퍼센트 이상'밖에 귀에 들어오지 않았다.

어떤 병을 진단받으면 한 번쯤 오진이기를 바랄 때가 있다. 우리도 마찬가지였다. '의료 쇼핑'이라는 용어가 생길 만큼 어디가 아프면 이 병원, 저 병원 돌아봐야 한다고 들었건만 정작 희수가 걸린 혈액암, 그중에서도 급성림프백혈병은 그럴 수 있는 병이 아니었다. 진행 속도가 워낙 빨라 이것저것 잴 틈도 없이 바로 치료에 들어가야 했다. 아직 확진을 받은 것도 아닌데 바로 치료를 해야 하고 그 치료가 하필 항암치료라니. 받아들이기 어려웠지만 그래야 한다니 그럴 수밖에 없었다.

응급실에서부터 여러 서류에 사인을 했다. 대부분 동의서였다. 아이의 엉덩이뼈에 굵은 바늘을 넣어 골수와 뼛조각을 채취한다는 동의서, 등뼈에 바늘을 찔러 척수액을 채취한다는 동의서, 심지어 가슴 한쪽에 '히크만카테터'라는 관을 연결한다는 동의서까지. 모두 치료와 진단에 필요한 것이라는데 아무것도 모르는 일반인에게는 강요로만 느껴졌다. 하지만 내가 할 수 있는 일이라곤 사인하라는 곳에 사인하는 것뿐이었다. 그 후 아이를 재워 침대를 통째로 이리저리 끌고 다니며 수많은 검사를 했고 혈관조영실에 들어가 히크만카테터라는 무시무시하게 생긴 관을 한쪽 가슴에 달고 나왔다. 불과 반나절 만에 진행된 일이었다.

통증으로 끙끙대던 아이는 오후 늦게야 일반 병실로 이동할 수 있었다. 6층 서병동 40호실. 앞으로 한 달 동안 머물 곳이고 그 후로도 2년 넘는 치료 기간 동안 드나들 곳이라고 했다. 병실로 들어서니 우리가 들어갈 한 자리만 빼고 꽉 차 있었다. "아이고, 신

환(새로운 환자)이구나. 안녕!" 여기저기서 반기는 소리들이 들렸다. 반갑다고? 이게 반가울 일인가? 밤새 눈물을 쏟아내느라 아직도 눈이 벌건 나는 이 상황이 당황스러울 뿐이었다.

운이 좋게 창가 자리였다. 나중에 알고 보니 아이들에게는 해가 잘 드는 창가 자리가 명당이었고, 엄마들에게는 등을 기대고 앉을 수 있는 벽 쪽 자리가 명당이었다. 나는 그 해 잘 드는 창가 자리에 앉아 커튼을 굳게 닫았다. 아직 병명조차 이해하지 못했고 이 낯선 환경도 받아들이지 못했다. 다른 보호자들이 번갈아 커튼을 빼꼼 열고 종이컵에 담은 과자를 건네거나 아이에 대해 물어왔지만 길게 답하지 않고 커튼을 더 당겨 닫았다.

잠시 후 아까 가슴에 심고 온 관으로 항암치료를 시작한다고 했다. 빈크리스틴, MTX(항악성종양제). 하나같이 어려운 이름이었다. 잘은 모르지만 항암제는 독약이나 다름없다던데… 내 아이 몸속에 앞으로 독약을 죽지 않을 만큼 들이부어야 하는 거구나. 치료 목적으로 스테로이드제를 한 달간 먹을 거고 예방 차원으로 항생제를 두 종류나 매일 맞는다고 했다. 어릴 때부터 감기에 걸려도 항생제를 덜 먹이려 부단히도 노력했었는데 예방 차원으로 저렇게 때려붓게 될 줄이야. 허탈했다.

항암제가 들어가고 몇 시간 후 아이는 잠들었다. 그리고 혼자만의 시간이 왔다. 백혈병. 85퍼센트. 항암. 수많은 말도 안 되는 단어들로 혼란스러웠던 마음이 뒤늦게 내려앉으면서 눈물이 펑펑 쏟아졌다. 내 아들… 내 새끼… 죽으면 어떡하지? 그렇게 밤새 울다 겨우 잠이 들었다.

다음 날 아침 일찍부터 회진이 시작되었다. 레지던트 2, 3년 차 선생님들이 차례로 와서 새벽에 했던 혈액검사 결과를 설명해주면 곧 교수님이 들어오셨다.

아이 상태를 들여다보고 필요한 설명이나 처방을 해주는 것으로 하루를 시작했다.

항암치료는 매일 하지 않았다. 몸에서 암세포가 5퍼센트 미만으로 사라지는 '관해' 상태가 될 때까지 일주일에 한 번 항암제를 투약하고 주기적인 골수검사와 혈액검사로 그 과정을 확인하는데, 그 스케줄이 4주여서 보통 처음 병원에 오면 4주는 있어야 한다고 했다. 희수는 항암 주사를 맞을 때면 욱 토하거나 입맛이 떨어졌다가도 약 기운이 빠지면 이내 먹을 것을 찾았다. 오히려 스테로이드제 때문에 입맛이 좋아져서 병원 밥마저 맛있다며 잘 먹었다. 면역력이 떨어지면 모든 음식을 스테인리스 식기에 담아 고온에서 한 번 더 찐 멸균밥이 나오는데, 아무 맛이 나지 않는 그 밥마저도 잘 먹었다. 그나마 밥이라도 잘 먹어주니 얼마나 다행이었는지 모른다.

그사이 아이 아빠가 미국에서 달려왔다. 비행기가

없어 이리저리 경유해 힘들게 왔다고 했다. 남편에게 잠시 아이를 맡겨두고 집에 다녀왔다. 입원은 생각도 못 하고 온 데다가 아이 옆에 붙어 있느라 3일째 세수할 겨를도 없었다. 꼴이 말이 아니라 집에 가서 좀 씻고 싶었다. 병원에서 아이만 보고 있을 때는 미처 생각 못 했는데 집으로 돌아와 둘째를 보니 눈물이 쏟아졌다.

이사 온 지 두 달도 안 된, 예쁘게 꾸민 우리 집. 그 집에 오지 못하는 큰아이도, 그 집에서 할머니와 영문도 모른 채 엄마와 오빠를 기다렸을 둘째도 너무 안됐고 불쌍했다. 천둥벌거숭이였던 둘째가 며칠 사이 너무도 의젓해져 있었다.

3일 후는 딸의 다섯 번째 생일이었다. 다섯 살이라고 해도 생일이 늦어 고작 세돌 된 딸이 엄마랑 오빠도 없는 초상집 같은 분위기에서 생일 축하도 못 받을 생각을 하니 가슴이 찢어질 듯 아팠다. 이럴 때 아이 아빠라도 있어 다행이었다. 딸 생일날 남편이 건넨 사진 속에서 둘째는 머리에 곰돌이가 그려진 고깔모자를 쓰고 아빠가 정성스레 만들어준 피카추 핫케이크를 앞에 두고 환히 웃고 있었다. 아무것도 모르는 어린아이지만 엄마와 오빠를 위로하는 듯, 상황을 잘 이해한다는 듯 씩씩하게 생일을 보내주었다. 그런 딸에게 전화해서 내년 생일 파티는 두 번 해주기로 약속하고 또 약속했다.

일주일마다 각종 검사들과 항암 주사를 맞는 것을 두 번 반복하며 2주가 지났다. 첫 검사 결과도 나왔다. "예상했던 대로 'B세포 급성림프백혈병'입니다. 안 좋은 유전자도 없고 나이나 수치상 표준위험군이니 지금 스케줄대로 2년 6개월 진행하면 치료 종결입니다." 의사 선생님의 설명이 끝나자마자 가장 먼저 "그럼 학교는 갈 수 있나요?"라고 물었다. 왜였을까. 이전까지는 홈스쿨링도 생각해봤을 만큼 유치원도, 학교도 그다지 중요하지 않다고 생각했었는데, 아이가 백혈병 진단을 받자 평범한 아이들에게는 당연한 과정인 '학교'에 꼭 보내고 싶다는 욕심이 들었다. "그럼요! 지금 여섯 살이니까 학교는 당연히 갈 수 있죠." 선생님의 단호한 대답이 그렇게 위로가 될 수 없었다.

하루 일과를 마치고 잠든 아이를 물끄러미 바라보고 있으면 눈물이 났다. 이렇게 착하고 예쁜 아이가 또 있을까. 어디서 주워들었는지 면역 수치를 올리겠다며 꾸역꾸역 밥을 먹고 코피 안 나려 젖은 수건을 머리맡에 걸어두며 스스로 자기 몸을 챙기는 여섯 살 아이. 그 힘든 항암치료를 받으면서도 잠깐 인상 쓰고 눈시울을 붉히는 정도일 뿐 어른보다 잘 참고 잘 견디고 있는 아이. 넌 정말 큰 인물이 될 거야. '백혈병을 극복한'이라는 타이틀이 붙은 큰 인물.

엄마는 너만의 의사 선생님

――――――――― 2014년 12월부터 2015년 1월까지

병원에 입원한 지 3주 하고도 이틀 만에 첫 퇴원을 했다. 원래 4주 스케줄이지만 아이가 잘 치료되고 있고 혈액 수치도 잘 유지되고 있어서 예상보다 이른 퇴원을 할 수 있었다. 퇴원 소식을 들은 희수는 마냥 신났다. 희수뿐 아니라 엄마, 아빠, 동생 모두가 이산가족 만나는 듯 들떴다. 퇴원 수속을 마치고 그동안 병원에서 사용했던 물건들을 커다란 주황색 캐리어에 담아 병원 로비로 밀고 나오자 둘째와 아이 아빠가 손

을 흔들며 달려왔다. 워낙에도 사이가 좋던 남매는 그동안 못 봤던 그리움을 달래느라 서로 떨어질 줄을 몰랐다. 하루 종일 잡은 손을 놓지 않은 채 꽁냥꽁냥 붙어 다니며 노는 모습을 보는 것만으로도 행복했다. 남들은 미처 모를 평범한 행복이었다.

첫 퇴원의 기쁨도 잠시. 월요일이 되자 남들의 평범한 일상이 시작되었다. 남편은 회사에 가고 다섯 살 둘째는 유치원에 갔다. 모든 사람들은 어제와 같은 삶을 살고 있는데 희수와 나만 이방인처럼 그 안에서 갈 길을 잃었다. 아이가 백혈병 진단을 받기 전인 한 달 전만 해도 우리도 그 가운데에 있었는데 이제 병원도 일상도 아닌 그 중간 어딘가에 있는 듯 낯설었다.

희수는 잠시 집에 두고 둘째 아이와 유치원 버스를 기다리는 아침. "안녕히 다녀오겠습니다." 배꼽인사를 하고 버스에 올라 타 나를 향해 손 흔드는 둘째를 보고 있자니 눈물이 날 것만 같았다. 둘째가 유치원에 입학한 3월부터 희수는 동생 손을 꼭 잡고 버스에 올라 동생을 자기 옆자리에 앉히고 안전벨트까지 채워주는 멋진 오빠였다. 그게 끝이 아니었다. 유치원에 도착하면 다시 동생 손을 잡고 교실까지 데려다주고서야 자기 반에 들어간다고 했다. 누가 시켜서 하는 일이 아니었다. 그렇게 사이 좋은 남매였는데 갑자기 오빠 없이 혼자 다녀야 하는 둘째의 마음은 어떨까.

동시에, 이런 평범한 모든 일상에서 벗어나버린 희수는 어떤 마음일까. 혼란스러웠다. 둘째를 보내고 집으로 부리나케 달려오니 희수는 창밖을 내다보고 있었다. 동생이 노란 버스를 타고 유치원에 가는 모습을 보며 희수는 무슨 생각을 했을까. 눈은 슬퍼 보였지만 여섯 살 희수는 그런 티를 내지 않으려 노력했다. "의사 선생님이 치료가 오래 걸려서 힘들지만 다 나을 거라고 했잖아요. 나는 괜찮아요. 엄마가 지켜주기만 하면 돼요."

달라진 건 유치원을 못 간다는 것뿐만이 아니었다. 항암치료를 계속 받다 보면 면역력이 떨어져 외출이 어려웠고, 나가더라도 감염 예방을 위해 마스크를 써야 했다. 지금이야 누구나 마스크를 쓰고 다니는 세상이 되었지만 2014년 당시에는 아이가 마스크 쓰고 나가면 보는 사람마다 "어디 아프니? 감기 걸렸어?"라고 캐묻던 시절이었다. 순수한 아이는 처음에는 "백혈병이라서요"라고 당당하게 대답했다. 그러나 그럴 때마다 돌아오는 건 어른들의 무자비였다. 얼굴을 찡그린 채 나와 아이를 번갈아 쳐다보고 혀를 끌끌 차며 "아이고, 엄마가 얼마나 힘들어~ 엄마한테 잘해야겠다"라고 쉽게 말했다. 이런 반응을 여러 번 마주한 희수는 이내 입을 닫기 시작했다.

집 안에 있다 해도 일상생활에 제약이 많았다. 면역력이 약해 음식으로 감염이 되기 쉽다고 하여 음식을 가장 조심해야 했다. 깨끗한 재료로 바로 만든 음식이 가장 안전하다고 해서 유기농 매장에서 좋은 재료를 사서 매끼 모든 반찬을 새로 해 먹였다. 탕수육이나 돈가스처럼 불로 익혀 조리한 음식은 괜찮은데, 아이가 좋아하던 김치나 생야채, 과일은 먹기 힘들었다. 그나마 김치나 야채는 볶아주고 과일은 끓이든 데치든 해서 어떻게든 먹였는데, 희수가 좋아하던 새우초밥은 방법이 없었다. 새우를 사다가 다듬고 데쳐서 비슷하게 만들어봤지만 그 맛이 아니라고 하니 다 낫고 먹자며 하염없이 나중으로 미룰 수밖에 없었다.

식기를 다른 식구들과 같이 쓸 수도 없어 식사를 차려놓고 뷔페식으로 각자 떠 먹었고, 아이 식기는 소독기로 한 번 더 소독하거나 여의치 않으면 팔팔 끓는 물에 담갔다가 사용했다. 청소 방식도 예전과 달라졌다. 온 집 안을 매일매일 청소하고 수시로 환기를 시키는 것은 물론, 세균이 생기기 쉬운 화장실은 수시로 락스 청소를 했다. 아이 손이 닿는 것들은 소독 티슈로 다시 한 번씩 닦았다. 어떤 이는 그런 나를 보며 유난스럽다고도 했지만 아이가 아프지 않을 수만 있다면 그 이상도 할 수 있었다.

집안일이야 조금 많아진 것뿐이라 열심히 하면 될 일이었지만, 가끔씩 아이가 아프다고 할 때가 가장 당황스러웠다. 특히 코피라도 터져 멈추지 않으면 병원에 가야 할지 말아야 할지 미칠 노릇이었다. 퇴원한 이후로 기운 없이 소파에 축 늘어져 있는 시간이 많던 아이가 "엄마, 나 머리가 아파요"라고 말만 해도 마음에 불이 떨어졌다. 급히 체온을 재거나, 좀 쉬라고 이불을 덮어주며 동동거리다가 결국 아이를 둘러업고 응급실로 뛰기를 여러 번 했다.

그것도 시간이 지나고 몇 번 병원을 들락날락하다 보니 조금씩 노하우가 생겼다. 응급실에 가야 할 일과 가지 않아도 될 일에 구분이 생겨 가능한 한 병원에 가지 않는 쪽을 택했다. 병원이 가깝기는 했지만 응급실에 한번 가면 처치까지 시간이 오래 걸려 오히려 아이가 더 힘들어지는 일이 많아서 되도록 상비약을 받아두고 집에서 해결했다. 집에는 의사 선생님이 없으니 엄마가 의사 선생님까지 되어야 했다. 구토에는 조프란, 두통에는 타이레놀을 먹여야 하고 부루펜 계열의 해열제는 혈액 수치를 떨어뜨릴 수 있어서 안 되고, 콧물에는 어떤 약, 기침에는 어떤 약… 또 다른 약은 자몽주스와 먹으면 안 되고… 점점 의학 지식만 늘어났다.

이토록 착한 아이들을 위한 기도

2015년 2월부터 2015년 6월까지

백혈병 진단 이후 처음 한 달간의 관해 스케줄을 마치고 집에 갔다고 해서 모든 치료가 끝나는 것은 아니다. 5개월 정도 중간 세기의 항암치료를 유지하는 '중간유지치료'를 받고, 그 후 두 달 정도 입원해서 지금까지 중에 가장 센 강도로 항암치료를 진행하는 '강화치료'를 받는다. 그다음에야 2년 가까이 일상생활과 치료를 병행하는 '유지치료'에 들어갈 수 있다. 총 2년 6개월의 기나긴 치료 기간을 듣고 시작부터 숨이

턱 막혔지만 그러면 살 수 있다니까, 그러면 85퍼센트는 산다니까 선택의 여지 따위는 애초부터 없었다.

첫 퇴원 이후 다음 입원을 할 때까지만 해도 희수는 병원에 다시 가기를 너무나 싫어했다. 붙임성 좋고 누구에게나 생글생글 웃어주던 희수는 온데간데없이 처음 병원에 있을 때에도 매일 보는 의료진에게조차 입을 거의 열지 않았었다.

이제 일곱 살이 된 희수의 두 번째 입원날. 커다란 짐 가방을 끌고 6층 서병동에 도착하자 지난 입원 때 희수를 예뻐하신 간호사 선생님이 "희수야~ 보고 싶었어!" 하고 달려와 아이를 폭 안아주었다. 희수도 싫지 않은지 선생님께 가만히 안겨 씨익 웃기만 하더니 그때부터 종종 "유진 쌤은 어디 갔지? 유진 쌤 오늘 쉬는 날인가?" 하며 선생님을 찾기 시작했다. 그러면 선생님은 우리 방 담당이 아닌 날에도 살짝 들어와 놀아주고 가거나 야간 근무 때마다 몰래 아이의 차트에

'희수야♡' 같은 낙서를 남기고 갔고, 다음 날 그 메시지를 본 희수는 또 함박웃음을 짓고는 하루 종일 복도를 돌며 선생님이 출근하기를 기다렸다. 그러면 그 모습을 지켜보던 주사방 선생님은 또 아이를 살짝 불러 비타민을 손에 쥐어주었다. 병원을 싫어하던 희수는 다정한 간호사 선생님들 덕분에 병원 가는 것마저 즐기게 되었다.

면역력 문제로 예전처럼 유치원에 다닐 수도 없고 친구들을 마음껏 만날 수도 없는 아이에게 병원 사람들은 좋은 친구가 되었다. 나이가 비슷한 아이들은 물론이고 스무 살 형과도 어울렸다. 심심할 때는 하다하다 두돌잡이도 데리고 노는 경지에 이르렀다. 인적이 드문 저녁 시간에는 병동 복도로 서너 살 아이들을 쪼르르 몰고 나갔다. 한 손에는 수액병이 달린 폴대를 끌고 운동 삼아 복도를 도는 모습을 보고 있으면 아이들만 입는 노란색 환자복 덕분인지 병아리들 마냥 귀여웠다.

희수와 하루 차이로 같은 병을 진단받았던 중학생 형과는 열 살 가까운 나이 차이에도 불구하고 형제처럼 잘 지냈다. 병명이 같다 보니 들어가는 약도 비슷해서 서로의 고통을 잘 이해하는 듯했다. 형이 잘 놀아줬다는 게 더 맞는 표현이겠지만. 둘은 입원 중에는 한 침대에 앉아 깔깔대며 게임을 하고 종종 집에서 바로 해 온 음식이나 과자를 나누어 먹었다. 외래 진료 때면 시간을 맞추어 대기 시간을 함께 보내기도 했고 어쩌다가 입원 기간이 엇갈리면 서로 그렇게 아쉬워할 수가 없었다.

병원 친구들이 늘어날수록 아이는 병원 가는 날을 손꼽아 기다리며 설레어 했다. 고립된 생활로 사회성이 걱정됐었는데 아이는 그 와중에도 형들에게 배운 만큼 동생들에게 베풀며 사회성을 키워나갔다.

병이 병인 만큼 대부분의 의료진과 보호자는 아이들이 숨만 쉬어도 예뻐했고 조금의 경쟁 관계도 없다

보니 모두가 관심과 사랑 속에서 투병 생활을 했다. 희수는 병원에서 책을 읽을 때마다 천재 소리를 들을 만큼 예쁨을 받았고, 조물조물 글라스데코로 열쇠고리를 하나씩 만들어 선생님들께 드리면 닳아 없어질 때까지 한쪽 가슴에 달고 다니셨다. 아이의 작은 마음도 이곳에서는 크게 인정받고 행복으로 돌아왔다.

처음 병원 생활을 시작했을 때 병실 분위기에 깜짝 놀랐었다. 여섯 명 꽉 들어찬 6인실은 보호자까지 합치면 모두 열두 명이나 되는데 하나같이 '밝다'는 표현으로는 모자랄 만큼 캠핑 온 듯 즐거워 보였다. 모두 소아암을 투병 중인 아이들이라 빡빡머리를 하고 여기저기서 토 그릇을 잡고 웩웩거리고 있는데 보호자인 엄마들은 금방 다시 웃으며 수다를 떨었다. 둘러앉아 커피를 마시고 때때로 떡볶이나 닭발 같은 배달 음식을 시켜 나눠 먹기까지 하는 모습을 보며 처음에는 기가 찼다. '애가 아파서 다들 정신줄을 놓은 건가?'라고 속으로 생각하며 그들과 거리를 두었다.

하지만 그런 것도 잠시. 그들이 생각이 없어서, 슬프지 않아서 그러고 있는 게 아님을 곧 깨달았다. 누구의 잘못도 아닌 말도 안 되는 확률로 자식이 이런 병에 걸린 아픔을 깊이 이해받을 수 있는 공간은 이곳뿐이었다. 아무리 친한 친구도, 가족도 결국 서로 다른 상황에서는 마음 깊이 이해해줄 수 없다는 것이 슬프지만 사실이었다.

나도 [illegible] 슬쩍 끌려 나와 앉아 커피를 한 잔씩 하다가, 곧 커튼을 활짝 열었다. 보호자 침상은 옆 베드와 딱 붙어 있기 때문에 커튼을 열면 본의 아니게 서로의 숨소리까지 들게 된다. 처음에는 옆 아이와 딱 붙어 앉아 있는 게 영 어색했지만 어느새 그냥 다 같은 가족처럼 느껴져 방귀까지 트는 사이가 되었다.

참 의아하게도 소아암 진단을 받은 대부분의 아이들이 너무나 순하고 착했다. 심지어 대부분 똘똘하기까지 했다. 우리끼리는 "이 병은 착한 아이들만 걸리는 거 아니야?"라며 합리적인 의심을 할 만큼 다들 그랬다. 이렇게 착하고 예쁜 아이들이, 이렇게 힘든 치료를 받고 있다는 것은 정말 말도 안 되는 일이었다. 희수를 위한 기도를 할 때면 병원의 다른 아이들도 떠올렸다. 이 아이들 모두 건강해져서 부디 언제까지나 함께할 수 있기를.

어느 날은
웃기도 했다

2015년 7월부터 2015년 8월까지

표준위험군이었던 아이의 중간유지치료는 외래와 입원의 반복이었다. 열 살이 넘는 형아들의 스케줄에 비하면 가벼운 축에 속한다고는 했지만 그래도 항암치료는 항암치료 아닌가. 아이는 주사를 맞고 온 날이면 어김없이 머리가 아파 진통제를 먹고 누워 있어야 했고 척수 항암치료라도 하고 온 날이면 눈물을 쏙 뺄 만큼 허리를 아파했다. 그렇다고 둘러업고 응급실에 뛰어가는 일은 그만두었다. 어차피 시간이 해결해줄 일이라는 것을 몇 개월 만에 터득했기 때문이다.

5개월간의 중간유지치료는 빠르게 지나가고 드디어 고되기로 소문난 강화치료에 들어갔다. 그동안 눌러놓았던 암세포를 꾹꾹 더 눌러준다고 하여 우리끼리는 '다지기'라고 불렀다. 여러 센 항암치료를 복합적으로 진행하기 때문에 면역력이 현저히 떨어져 보통은 두 달 스케줄 중 대부분의 시간을 입원해 있어야 한다고 다들 처음부터 겁을 주었다.

치료를 위해 입원하여 척수 항암치료를 하는 것으로 첫날 일과가 시작되었다. 척수 항암치료는 수면마취를 하고 진행된다. 가슴에 연결된 히크만카테터로 수면유도제가 들어가면 아이는 힘없이 축 늘어져 잠들고, 그러면 잠든 아이를 옆으로 눕혀 새우등을 하게 한 후 척추 사이에 바늘을 꽂아 척수액을 채취하고 그곳에 다시 그만큼의 MTX(항악성종양제)를 밀어 넣는다. 부모가 옆에 없으면 아이들이 불안해해서 수면 유도가 어렵다고 하여 아이의 손을 꼭 잡고 있다가 수면 유도제에 취해 파르르 떨리다 다시 감기는 눈꺼풀을 보고 나서야 처치실 밖으로 나왔다.

그런데 처치 도중 "엄마, 엄마" 하며 아이가 울부짖는 소리가 처치실 밖까지 새어나왔다. 간호사 선생님이 황급히 뛰어나와 수면유도제를 더 가져오셨다. 중간에 마취가 풀려버린 것이다. 수면마취는 일반 마취와 다르게 살짝 잠든 상태이기 때문에 아이는 그 순간의 고통을 모두 느낀다. 기억만 못 할 뿐…. 다행히 아이는 그 상황을 기억 못 하지만 나에게는 너무 충격적인 일이었다. 아이가 죽을 듯이 엄마를 불러대는데 엄마인 나는 그저 밖에서 간호사들이 뛰어다니는 모습을 눈물도 흘리지 못한 채 넋 놓고 지켜봐야 했다. 이날 무력감을 느낀 이후로 아이가 시술을 마치고 나오기를 기다리는 15분 남짓한 짧은 시간은 도무지 익숙해지지 않고 늘 고통스러웠다.

아이는 곧 다시 잠들었는지 조용해졌고 검사를 마치고 나왔다. 한참 후에 깨어나서는 무슨 일이 있었냐는 듯 여느 때와 다름없이 노래를 흥얼거리며 술에 취한 듯 비몽사몽 귀여운 소리를 해댔다. 휴… 그제야 숨을 쉴 수 있었다.

척수 항암치료를 하고 나면 머리나 허리가 아플 수 있으니 한동안 가만히 누워 있어야 한다고 해놓고, 누워서 쉬는 그 시간조차도 아이를 가만히 두지 않았다. 그 와중에도 빈크리스틴이 투여되고 처음 맞는 아드리아마이신까지 들어갔다. 보기에도 거북스러운 새빨간색의 항암제. 이 빨간 약은 줄을 타고 아이의 몸속에 들어가 소변까지 빨갛게 만들었다.

첫날 쏟아 부은 항암제 부작용들을 회복하기도 전에 다음 항암제가 기다리고 있었다. 엉덩이에 여섯 번이나 맞아야 하는 엘아스파라는 주사였다. 큰 아이들조차 침대를 두드리며 엉엉 울 정도로 아픈 주사라고 해서 걱정이 이만저만이 아니었는데, 성분은 같지만 한 번만 맞으면 되는 온카스파라는 희귀 의약품이 있다고 누군가 귀띔을 해주었다. 보험 적용이 되지 않아 많이 비싸기도 했고 그 주사라고 아프지 않은 것은 아니지만 아픈 횟수라도 줄여주고 싶은 것이 부모 마음이라 그걸로 하기로 했다.

엉덩이 주사도 힘들지만 희수는 스테로이드제를 먹을 때 가장 힘들어했다. 스테로이드제에 유난히 과민한 아이가 있다더니 그게 우리 희수였다. 특히 '덱사'를 먹을 때면 감정 변화가 너무 심해져서 울다가 웃다가 결국에는 울면서 웃는 상황이 되어버렸다. 교수님은 "희수가 바이올린을 하는 아이라서 그런가 보네. 예술적 감각이 뛰어난 애들이 감정 변화가 더 심한 것 같아요"라고 농담 반 진담 반 말씀하셨는데 정말 그런 것도 같았다. 그 후로도 스테로이드제를 먹을 때면 희수는 줄곧 조울증 상태가 되거나 조급증에 시달렸다.

입원이 길어지면서 아이는 나름의 병원 생활 루틴을 만들었다. 아침잠이 없어 일찌감치 일어나는 희수는 병실의 모범생이었다. 다른 아이들은 대개 늦게 자고 늦게 일어나 아침은 패스하고 느지막이 점심부터 먹었는데, 희수는 조식이 나오는 일곱 시 반 전에 일어나 간호사실에 가서 키와 몸무게를 잰 후 병실로 돌아와 아침밥이 나오자마자 먹는 유일한 아이였다. 다른 아이들은 병원 밥이 맛없다고 투정을 해서 외부 음식을 사다 먹곤 했지만 희수는 병원 밥도 꽤나 맛있게 잘 먹었다. 식사가 끝나면 양치와 가글까지 야무지게 하고는 그때부터 본격적인 하루를 시작했다.

병원에 올 때면 캐리어 가득 책과 공부거리, 보드게임 등을 챙겨 와서 병원에서도 알차게 시간을 보냈다. 고작 일곱 살인 아이가 투정을 부리기는커녕 챙겨 온 문제집도 열심히 풀고, 만들기에도 열심이었다. 특히 클레이나 글라스데코를 열심히 만들어 병실 안을 꾸미는 것을 좋아했다. 알록달록 클레이로 과일도 만

들고 동물도 만들어 침대 머리맡 조명 위에 전시해두었는데, 밤에 불을 켜면 미술관이 따로 없었다. 아이는 그 재미에 입원할 때마다 없는 솜씨에도 색종이를 접고 클레이 작품을 만들었다.

항암치료 중에는 구토를 하기도 하고 고열로 힘들어하다가도 조금 지나면 언제 그랬냐는 듯 잘 놀았다. 에너자이저처럼 벌떡 일어나 "엄마, 보드게임 해요" 하고는 몇 시간씩 앉아 루미큐브도 하고 카드 게임도 하고 그것도 지겨우면 퍼즐도 맞추고 과학 상자도 만들었다가 로봇 조립도 했다가… 잠시도 쉬지 않았다. 가끔 태블릿으로 영화를 볼 때도 꼭 영어로 봐서 옆자리 이모들을 놀라게 하곤 했다.

저녁을 먹고 나서 인적이 드문 시간이 되면 어김없이 병동을 몇 바퀴씩 돌며 운동을 했다. 특히 아홉 시 전후에 나가는 것을 좋아했는데, 그 즈음이 레지던트 선생님들의 교대 시간이었기 때문이다. 희수는 그 시간에 의사 대기실을 기웃거리며 의사 선생님들께 인사하는 것을 좋아했다. 그러다가 아는 선생님을 만나면 반갑게 달려가 인사를 했고 그런 희수를 선생님들은 대부분 예뻐했다.

특히 강화치료 기간 동안 아이를 맡아주셨던 2, 3년 차 선생님 두 분은 유난히 아이를 예뻐했다. 3년 차였던 박규정 선생님은 항상 희수는 남다르게 똑똑한 아이라고 칭찬하셨다. 인수인계 시간에 마주칠 때마다 아예 아이를 옆에 앉히고는 "얘도 나중에 의사 될 아이거든" 하고 다른 선생님들께 소개하며 함께 인수인계를 하기도 했었는데, 아마도 그 즈음부터 아이는 의사를 꿈꾸기 시작했던 것 같다.

길게만 느껴지던 두 달의 시간도 끝나갔다. 고된 항암치료도 끝났고 수치들도 어느 정도 회복이 되어 일상생활과 치료를 병행하는 유지치료에 들어갈 때가 되었다. 그런데 막상 퇴원이 점점 다가오자 겁이 났다. 병원이라는 안전한 아지트 안에 숨어 있다가 바깥 세상에 내던져지는 느낌이랄까. 건강한 아이들 사이에서 마스크를 쓰고 뭐든 조심하며 지내야 하는 앞으로의 2년이 문득 걱정되었다. 지겹기만 하던 병원 생활이었는데 병동 선생님들을 앞으로 못 본다는 사실에 서운한 모순적인 감정까지 느끼며 당황스러웠다.

다지기를 마치고 퇴원하던 날. 아무 말 없이 아이를 꼭 안아주는 2년 차 선생님을 보며 눈물이 뚝 떨어졌다. 그런 엄마 마음을 아는지 모르는지 희수는 뒤도 돌아보지 않고 뛰다시피 집으로 향했다.

어쨌든 집이다, 집! 이제 우리 네 식구 다시 미래를 꿈꾸는 평범한 삶을 살 수 있을까. 조금은 설렌다.

"아파도 다 할 수 있어!"

2015년 9월부터 2017년 3월까지

강화치료 기간이 끝나고 독한 항암치료로 머리가 저절로 홀랑 빠져 집으로 돌아왔음에도 아이의 회복 속도는 놀라울 정도로 빨랐다. 퇴원하고 며칠 지나지 않아 아이 걸음으로 왕복 한 시간이 걸리는 공원까지 걸어서 소풍을 다녀올 정도로 컨디션이 좋아졌다. 지금만 같다면 내년에는 아이가 그토록 염원하던 학교에도 갈 수 있을 게 분명했다.

입학하기에 앞서 가장 먼저 바이올린 레슨을 시작했다. 우연히 좋은 선생님을 만나게 되었는데 꼼꼼하면서도 온유한 성격이 희수와 딱 맞았다. 머리털 하나 없이 마스크까지 쓴 아이가 부담스러웠을 법도 한데, "한 시간 내내 눈을 반짝이며 레슨을 받는 걸로도 모자라 다음 주면 숙제까지 완벽하게 해오는 게 기특하다"고 선생님은 매번 감탄하며 애제자라고 아껴주셨다. 공부도 잘하겠지만 바이올린 전공을 해도 잘할 아이라며 점점 욕심을 내셨고 아이는 그 욕심에 부응하듯 잘 따라갔다.

학교 가기 전 친구들을 좀 만나보라고 피아노 학원에도 보냈다. 스테로이드제 때문에 살찐 아이의 겉모습을 보고 놀리고 괴롭히는 아이가 있어 잠시 상처를 받기도 했지만, 유치원도 제대로 못 다니고 1년 가까이 병원에만 있던 아이는 어디에 가서 무엇을 하든 그저 행복해했다.

아픈 아이라고 모든 것을 차단하고 쉬게만 하는 것보다는 다른 아이들과 다름없이 뭐든 하게 하는 것이 어차피 나을 아이에게는 더 좋을 거라고 생각했다. 아이에게 늘 "아파서 못 하는 것은 없어"라고 말해주었고 그 사실을 아이도 잘 알고 있었다.

가슴 한쪽에 히크만카테터를 계속 달고 있어야 해서 움직임에 제약이 많긴 했지만 배드민턴 같은 운동도 했고 쉬는 날이면 엉덩이 붙일 틈 없이 여행도 다녔다. 물놀이가 하고 싶다고 하면 히크만카테터 위에 비닐을 덕지덕지 붙여 물이 안 들어가게 꽁꽁 싸매고 호스로 물을 뿌리며 베란다에 널어둔 이불빨래가 다 젖도록 물놀이를 시켜주었다.

한창 치료받을 때는 약 기운에 가끔씩 우울해 보이던 아이가 할 수 있는 것들이 늘어나자 눈에 띄게 밝아지고 자신감이 넘쳐 하고 싶은 것도 늘어만 갔다. 특히 희수의 공부 욕심은 끝이 없었다. "한자 시험 쳐

보고 싶어요. 수학 시험도 알아봐주세요. 영어 시험은 없어요?" 이미 학습적인 부분은 모두 준비가 되어 있던 터라 면역력 문제를 제외하고는 학교생활에 대한 아무런 걱정이 없었다.

시간이 흘러 2016년 2월, 희수는 여덟 살이 됐다. 초등학교 입학을 앞두고 문구점을 찾았다. 희수는 귀여운 캐릭터가 그려진 학용품 대신 남색의 네모반듯한 가방과 같은 색의 단정한 필통을 고르고는 그 안에도 단색 위주의 어른스러운 연필과 지우개를 챙겼다. 한참 전부터 할머니께서 입학식 날 입으라고 사주신 코트를 꺼내 거울 앞에서 입었다 벗었다 설레어하던 희수는 드디어 건강한 친구들과 함께 꿈에 그리던 초등학교에 입학했다.

학교생활은 예상했던 대로였다. 할 일도 알아서 잘하고 친구들까지 잘 챙기다 보니 엄마들 사이에서도 칭찬이 자자했고 학교 상담을 갈 때마다 어깨가 으쓱

해질 정도로 칭찬을 들었다. 2학년 때에는 담임선생님의 "어머님, 희수 너무 잘 키우셨어요"라는 말 한마디에 세상을 다 얻은 듯 기뻤다.

마스크를 쓰고 다녀야 하는 것이 유일한 걱정이었다. 때때로 마스크로 트집을 잡는 철없는 친구들이 있긴 했지만 희수는 크게 개의치 않고 즐거운 학교생활을 이어갔다.

치료 스케줄로 주중에 한 번씩은 꼭 병원에 가야 했는데 그날마저도 학교를 꼭 가겠다고 고집을 부려서 학교를 빠진 적이 거의 없었다. 하얀 얼굴에 마스크를 쓰고 있다가 신비주의처럼 점심시간에만 마스크를 살짝 벗으면 여자아이들은 아이돌이라도 본 듯 귀엽다며 난리라고 했다.

걱정과 달리 남자아이들과도 잘 어울렸다. 쉬는 시간이면 교실 뒤편에서 남자아이들과 체스나 보드게임을 하며 놀았고 점심시간에는 운동장에서 축구도 한다고 했다. 점심시간 축구팀은 남자아이들끼리 알음알음 잘하는 친구들을 모아 팀을 꾸리는데, 그 축구팀에 들어가려 형들에게 테스트도 여러 번 받고 얼마나 힘들었는지 모른다며 자랑을 늘어놓는 아이가 그저 귀엽고 기특했다.

며칠 후, 볼일이 있어 점심시간쯤 학교 근처를 지나가다가 운동장에서 축구공을 따라 우르르 뛰어다니는 수많은 남자아이들 사이에서 어설프지만 공을 따라 달리고 있는 희수를 발견했다. 울컥했다. 그날의 기쁨은 말로는 다 설명할 수가 없었다.

아이는 그동안 못 한 것들을 보상이라도 받는 듯 학교생활은 물론이고 여러 가지에 욕심내며 날개 달린 듯 날아올랐다. 특히나 바이올린은 타고난 절대음감에 성실함까지 갖추다 보니 언제부턴가 취미생 아이들이 나가는 콩쿠르에서 단연 돋보이기 시작했고 2

학년 때부터는 전공생들이 나가는 메이저 대회를 목표로 준비하기 시작했다.

척수 항암치료를 하고 온 날은 가만히 있어도 허리가 아파서 쉬어야 하지만 아이는 그 잠시도 참지 못했다. 아파서 진통제를 먹고 엎드려 있다가 조금 좋아지면 벌떡 일어나서 다시 바이올린을 들고 연습할 정도로 아이의 열정은 대단했다. 누가 시키지도 않았는데 심할 때는 쉬지도 않고 일곱 시간씩 연습을 해서 온 가족이 뜯어말릴 정도였다. 결국 그 독한 근성으로 조성진을 배출한 걸로 유명한 메이저 대회인 '음악춘추'의 예선을 통과했다.

물론 2주 후 본선의 벽은 넘지 못했다. 본선 대회를 마치고 아이와 끌어안고 울었다. 너무 기특하고 대견하고 속상했다. 입 밖으로 차마 꺼내지는 못했지만, 만약 아이가 아프지 않았다면 얼마나 더 잘했을까 슬프고 억울해서 눈물이 멈추지 않았다. 3등 안에 들지 못해 아이는 잠시 위축되었지만 사실 등수는 중요하지 않았다. 아픈 와중에도 이렇게 열심히 사는 아이가 기특하고, 다 나은 후 아이의 미래가 기대될 뿐이었다.

3장

이제 그만 멈춰달라고 애원했다

치료 종결 하자마자 첫 번째 재발

2017년 4월부터 2017년 7월까지

처음 백혈병을 진단받을 때 여섯 살이었던 희수는 어느덧 아홉 살이 되었다. 가지 않을 것 같던 시간은 천천히, 결국엔 흘러갔다. 매주 병원에 갈 때마다 담당 교수님은 "아주 잘하고 있어. 수치도 이렇게 모범적으로 잘 유지될 수가 없어요"라며 칭찬하고는 병에 관한 이야기보다는 서로의 근황을 더 많이 나눴다.

둘은 마치 할아버지와 손자처럼 말이 잘 통했다.

학교에서 상장이라도 받은 날이면 파일에 넣어 꼭 안고 진료실에 들어가 교수님께 자랑을 했고, 교수님은 아빠 미소를 지으며 희수 머리를 쓰다듬고는 한 장 복사해서 진료실 벽면에 붙여놓으셨다. 크게 될 아이라고 칭찬도 아끼지 않으셨다. 아이는 그 모습에 으쓱으쓱 더욱 힘을 냈다.

치료 종결을 3개월 앞두고 시력 검사 겸 정기검진 차 동네 안과에 갔을 때였다. 따로 병명을 말하지는 않았지만 마스크를 쓰고 있는 아이의 모습을 보고 몇 가지 검사를 추가로 해봤다는 의사 선생님은 고개를 갸웃하며 입을 열었다. "안저 검사에서 시신경 부종이 보입니다. 별건 아니고요. 보통 아이들 같으면 스테로이드제를 몇 주 먹으면 될 일인데 아이는 병력이 있다고 하니 본원에 가서 정확하게 확인을 하고 처방받는 게 좋을 것 같습니다."

혹시 모르는 불안한 마음에 다음 날 바로 본원을

찾아가 다시 검진을 했다. 본원에서도 보통 아이들 같으면 먹는 약으로 치료하겠지만 희수는 다른 병이 있으니 입원해서 고용량 스테로이드 치료를 하는 편이 좋겠다고 해서 3일간 치료를 받았다. 수액 줄을 달고 있어야 해서 불편하다는 것 말고는 그동안의 항암치료에 비하면 힘들 것 없는 치료였기에 3일 후 집에 돌아와 아무 일 없었다는 듯 평범한 생활을 이어갔다. 날이 좋아 근처 공원 산책도 자주 했고 여름에 있을 장구도 준비로 바빴다.

그로부터 두 달 정도 지났을 무렵, 악보를 보던 아이가 눈이 잘 안 보인다고 했다. 그저 시력이 조금 떨어졌겠지 싶었지만 지난번 시신경 부종도 있었던 터라 바로 병원에 가서 안과 검진을 하고 MRI도 찍었다. 몇 시간 후. "재발일 수도 있다"는 소견이 적힌 MRI 가판독 결과가 나왔다. 교수님은 좋지 않은 표정으로 안과, 신경과, 영상의학과 등 관련 과들을 백방으로 뛰며 자문을 구했다. 그리고 다음 날, 지난번

시신경 부종 때 다 치료되지 않고 남아 있던 게 다시 염증을 일으킨 것으로 결론지으셨다. 그렇게 희수는 또다시 고용량 스테로이드 치료를 받고 집으로 돌아왔다. 이후 시력도 금방 원래대로 돌아와 안심했다.

그러는 사이에도 시간은 흘렀고 기다리던 치료 종결이 다가왔다. 2년 8개월(원래 스케줄은 2년 6개월인데 중간 컨디션에 따라 치료가 연기됐다)간의 치료가 지긋지긋하던 엉덩이 주사를 마지막으로 드디어 끝났다. "눈 때문에 찝찝하긴 했지만 어쨌든 치료 종결 한 거 축하해." 교수님은 아이의 어깨를 한참 토닥이셨다.

우리는 집에 오자마자 치료 종결 축하 파티를 준비했다. 치료 종결이란 말 그대로 정해진 치료가 끝났다는 뜻이지 완치를 의미하지는 않는다. 하지만 항암치료가 끝났다는 사실만으로도 파티를 할 만한 일이었다. 그동안 희수가 먹고 싶어 했지만 먹지 못했던 음식 재료들을 잔뜩 주문해놓고 파티 용품도 샀다. 파티를 할 생각에 온 가족은 들떠 있었다.

그날 늦은 저녁. 아빠와 자전거를 타고 돌아온 희수가 그사이 내가 깔아놓은 매일 쓰던 연분홍색 이불을 보고는 처음 보는 것인 양 물었다. "우리 집에 보라색 이불이 있었어요?" 느낌이 안 좋아 휴대폰 불빛을 눈에 비추어보니 동공 반응도 이상하게 느렸다. 어딘가 문제가 생긴 게 분명했다. 놀란 마음에 바로 병원으로 달려가 급하게 안과 검진과 일반검사, 척수검사를 했다. 밤늦은 시각. 아이를 MRI실에 들여보내고 뒤돌아 나오자 3년 차 선생님이 문 앞에서 기다리고 있었다. 한밤중에 여기까지 찾아온 것은 보통일이 아닐 거라는 직감에 손이 덜덜 떨렸다.

역시나. 척수에 악성 세포가 많이 보인다고 했다. 재발. 정말 생각하고 싶지 않은 일이었다. 곧 담당 교수님도 달려오셨다. 아직 골수까지 퍼지지는 않았으니 그에 맞는 항암 스케줄로 다시 치료를 해야 한다고 했다. "지난번에는 완치 확률이 85퍼센트였다면 이제 60퍼센트 정도 되는 겁니다. 대부분 고용량 항암치료이고 2년이나 해야 돼서 지난번보다 힘들겠지만 골수이식 없이 항암치료만으로도 되는 거니까 다행이라고 생각하고 다시 해봅시다."

그 와중에도 긍정적인 말로 위로해주셨지만 3년이 다 되는 긴 치료를 했음에도 또다시 원점으로 돌아가 더 센 치료를 받아야 한다니 기가 막혔다. 긴 시간 불평 한마디 없이 묵묵히 견딘 아이가 너무나 불쌍하고 그 시간들이 억울했다. 아이가 검사를 마치고 나올 때까지 MRI실 앞 차가운 적막이 흐르는 어두운 복도에서 혼자 발을 동동 구르며 소리 없이 울었다. 우리가 얼마나 착하게 살았는데, 얼마나 열심히 살았는데 두 번 씩이나 이런 고난을 주는 거냐고 속으로 수없이 소리치며 울었다. 앞으로의 긴 치료는 과연 순탄할지, 아이가 잘 견딜 수 있을지 걱정이 앞섰다. 해맑게 수많은 꿈을 꾸고 있던 아이에게 이 소식을 어떻게 전해야 할지 막막했다.

병실에 올라와서 조금 진정한 후 입을 열었다. "희수야~ 백혈병 세포가 다시 생겼대. 그래서… 처음부터 치료를 다시 해야 할 것 같아." "아, 그래요? 엄마 아까 그래서 운 거였어요?" 생각보다 담담한 희수의 반응에 오히려 당황스러워서 되물었다. "힘든 치료 다 끝났는데 또 해야 한다는 게 화나고 속상하지 않아?" "좀 그렇긴 하지만 어쩌겠어요. 다시 해봐야죠. 조금 있으면 항암치료 때문에 머리도 빠지겠지만 어차피 다시 나니까 괜찮아요." 아이가 이렇게 평정심을 유지하고 있는데 어른인 내가 불평불만만 늘어놓을 수도 없는 노릇이었다. "그래. 힘들겠지만 우리 씩씩하게 다시 해보자." 아이 손을 잡고 다짐했다.

희수가 딱 하나 아쉬워한 것은 다음 주에 있을 콩쿠르에 못 나간다는 사실이었다. 나도 마찬가지였다. 아이의 생사가 걸린 상황에서 스스로도 참 철없는 엄마 같이 느껴졌지만, 그날을 위해 몇 달을 준비한 아이에게 무대에 서는 기쁨까지는 느끼게 해주고 싶어 교수님께 허락을 구했다. 다시 치료를 시작하게 되면 다음 무대가 언제가 될지 모른다는 불안감도 컸다. 교수님은 그런 내 마음을 누구보다 잘 이해한다는 듯 항암치료를 미룰 수 없으니 치료는 진행하되 중간에 외출하여 대회를 치르고 돌아오는 걸로 허락하셨다.

작지 않은 무대. 바이올린을 전공하는 아이들도 몇 달을 공들여 준비해 나오는 대회를 희수는 연습은커녕 컨디션마저 최악인 상태로 무대에 섰다. 일주일 동안 독하디독한 항암 주사를 양쪽 팔에 찔러 넣고 대회 전날 골수검사, 척수검사까지 해서 오래 서 있기도 힘든 상태로 바이올린을 들고 무대에 선 모습이 위태로워 보였지만 희수는 그 어느 때보다도 훌륭한 연주를 해냈다. 희수의 연주를 들으며 가슴속 서글픔이 북받쳐 올라 뜨거운 눈물이 쏟아졌다. 긴장감 가득한 콩쿠르장에서 우리만이 하염없이 울고 있었다.

희수는 대회에서 4등을 했다. 우리에게는 1등과도 같은 4등이었다. 그렇게 울며 웃으며 상장을 들고 다시 병원으로 돌아왔다.

며칠 후, 전에 예선 참가를 했던 다른 메이저 대회에서도 본선 진출을 했다는 연락이 왔다. 매년 어마어마한 수의 아이들이 참가하고 그중 대단한 실력을 가진 소수의 아이들만 상을 받는 대회에서 본선에 진출한 다섯 명 중 한 명으로 꼽혔는데, 2주 후의 본선 대회에는 참가할 수 없을 게 분명했다. 참을 수 없을 만큼 화가 났다. 왜 또 우리지?

몇 달 전만 해도 안 그랬는데, 이 와중에도 착한 마음으로 살았는데, 이제 하늘이 맑아서 화가 나고 이웃집 웃음소리에 화가 나고 맛있게 밥 먹는 사람만 봐도 화가 났다. "하나님은 감당할 수 있는 고난만 주신대." 누군가가 나에게 위로했지만 그 말 자체로 화가 났다. 하나님, 저희를 잘못 보셨어요. 저희는 백혈병 진단받았을 때, 딱 거기까지만 감당할 수 있습니다. 여기까지는 아니에요. 제발 그만 여기서 멈춰주세요. 그날 밤새 울부짖었다. 동시에 오기가 생겼다. 두고 보세요. 우리가 보란 듯이 이겨낼 테니.

“선생님,
저 이제 걸을 수 있어요!”

———————————— 2017년 8월부터 2017년 11월까지

재발 후, 원래 첫 치료는 한 달을 입원해 있어야 하는 스케줄이었지만 처음이 아니라 심적으로 더 힘들 아이를 생각해 무리해서라도 자주 퇴원해 집에 있도록 했다. 치료 때문에 당분간은 학교에 못 가게 된 희수는 동생이 등교 준비를 하는 동안 침대 머리맡에 공부할 것들을 한가득 쌓아놓고 “어차피 학교 공부는 쉬우니까 이참에 선행이나 해놓지 뭐” 하며 씩씩한 척했지만 이내 독한 약 기운에 취해 잠들어버렸다.

연필을 들고 안경을 쓴 채 엎드려 잠든 아이를 바라보고 있자면 가슴속부터 화가 북받쳐 올라왔지만 곤히 잠든 아이를 깨우고 싶지 않아 집안일도 미루고 아이의 머리맡에 조용히 앉아 있었다. 잠시 후, 자신이 잠들었다는 사실에 화들짝 놀라며 벌떡 일어나 다시 주섬주섬 책을 챙겨 무슨 일이 있었냐는 듯 책장을 넘기던 희수는 "엄마, 나 의사 선생님이 좀 많이 되고 싶어요. 공부 열심히 해서 골수검사 안 아프게 하는 의사 선생님이 될 거예요"라고 다짐했다. 겉으로는 너라면 당연히 할 수 있을 거라고 토닥이면서도 속으로는 무엇이 되어도 좋으니 얼른 건강해지기만 하면 좋겠다고 생각했다.

며칠 후 평소처럼 항암치료를 받으려고 입원을 했는데 의외의 문제가 생겼다. 집 앞에서 살짝 넘어져 다리에 깨알만 한 상처가 생겼는데 이 상처가 덧나기 시작한 것이다. 처음에는 깨알만 했던 상처가 시간이 지날수록 벌겋게 커져갔다. 작은 상처 하나에 의료진들은 응급 상황이라고 난리였다. 면역 체계가 무너져 있는 아이는 넘어지면서 생긴 작은 상처로 들어간 별것 아닌 균조차 이겨내지 못해 패혈증으로 진행될 수 있다고 했다.

정말 무릎 위 상처는 점점 커지더니 어른 손바닥 크기만큼 새카맣게 변해갔다. 피부가 괴사하고 있었다. 게다가 몸은 어[illegible]기 다르게 퉁퉁 부어 움직이는 것마저 어려워졌다. 더 큰 문제는 따로 있었다. 균을 이겨내려면 면역력을 올려야 하는데 항암치료를 하게 되면 면역력이 떨어져 더 위험한 상황이 될 수 있기 때문에 균이 잡힐 때까지는 항암치료를 할 수 없다는 것이었다. 그사이 병이 심해질까 봐 두려웠다. 하나님은 감당할 수 있는 고난만 준다더니, 이건 이미 우리의 한계치를 한참 넘어선 일이었다.

퉁퉁 부어 제 발도 스스로 못 드는 아홉 살 아이의 차가운 발을 풀어보겠다고 하루 종일 주무르고 주무르다가 대야에 따뜻한 물을 받아 족욕을 시키는데, 그만 눈물이 펑펑 쏟아졌다. 그 착하고 예쁘던 아이가 퉁퉁 붓고 머리털도 듬성듬성 빠진 이상한 모습으로, 걷지도 못해 등을 세운 침대에 겨우 기대 앉아 있는 모습이 현실처럼 느껴지지 않았다. 마치 아주 극적인 드라마 몇 편을 순식간에 찍고 있는 느낌이었다. 꿈일 거라고 몇 번이나 고개를 저으며 눈을 똑바로 떠봐도 눈앞의 회색 공기는 명백한 현실이었다.

그 상태로 며칠이 더 지나고서야 원인이 밝혀졌다. 녹농균. 패혈증을 일으키는 균 중에서도 악질로, 건강한 사람의 목숨조차 빼앗는 무서운 균이었다. 원인균이 밝혀지자마자 제일 센 항생제, 제일 센 진균제, 패혈증 약에 면역글로불린, 백혈구촉진제, 알부민 등등 이름도 어려운 약들이 24시간이 모자랄 만큼 히크만 카테터의 두 라인을 타고 쉴 새 없이 들어갔다. 그렇게 하루가 지나자 붓기가 눈에 띄게 줄더니 아이는 살살 걷기 시작했다. 누워만 있던 아이가 일어나 다시 웃고 떠들기 시작했다. 다행이다. 정말 다행이었다.

다시 걸을 수 있게 된 아이는 재발 후 아이를 지극 정성으로 살펴주셨던 3년 차 선생님이 오기를 하염없이 기다렸다. 언제 올지도 모르는 선생님을 몇 시간이나 기다리다가 기척이 들리자 "선생님, 저 이제 걸을 수 있어요!" 하며 침대 난간을 붙잡고 위태위태하게 매달려 한 걸음 한 걸음 발을 뗐고, 그 모습을 본 선생님은 함박웃음을 지으며 버선발로 달려와 들고 있던 차트들을 던지듯 내려놓고는 무릎 꿇고 두 팔 벌려 아이를 있는 힘껏 안고 외치셨다. "잘했어. 진짜 잘했어. 고마워." 영화 속 한 장면처럼 감동적이었다. 돌쟁이도 아닌 아홉 살 아이가 몇 발짝 떼는 것이 이렇게 뭉클한 일이 되리라고는 상상도 해본 적 없었다.

희수의 상태가 어느 정도 회복되자 교수님은 아이 옆에 자리 잡고 앉아 "이제야 하는 말이지만 녹농균에 감염되고 살아온 애를 본 적이 없어. 정말 고마워"

라고 말하며 연신 아이의 머리를 쓰다듬으셨다.

고비를 넘겼건 어쨌건 항암 스케줄은 다시 진행되어야 했다. 고용량 시타라빈. 표준치료 때는 60밀리그램만 썼던 것을 이번에는 단위부터 다르게 3.5그램을 써야 한다고 했다. 이 병원에서 시타라빈을 이만큼 쓰는 아이를 본 적이 없어 이리저리 검색해보았다. 한두 개 나오는 글들의 결과는 대부분 좋지 않았다.

어떤 아이가 이 약을 쓰고 온몸이 멍투성이가 될 정도로 초주검이 되더니 결국 하늘나라로 떠났다는 글을 발견했다. 치료를 위해서는 꼭 써야 하는 약이라는데 너무나 두려웠다. 하루 종일 몸속으로 들어가야 하는 약인데 내가 잠든 동안 아이에게 위급 상황이 오기라도 할까 봐 두려웠다. 도저히 잠을 잘 수가 없어 아이 침대에 올라가 밤새 아이의 손과 발을 잡고 앉아 아이의 숨이 붙어 있음을 확인하고 또 확인했다.

다행히 두통 말고는 큰 문제가 없어서 추석 연휴는 집에서 보내기로 하고 퇴원했다. 하지만 집에 있는 동안에도 자주 머리가 아팠다. 곧 괜찮아질 줄 알았던 두통은 점점 심해지더니 다음 날은 타이레놀로 조절이 안 되었고 그다음 날까지도 상태가 좋아지지 않아 결국 응급실로 달려가 일단 CT를 찍었다.

병실에 올라와 결과를 기다리고 있는데 갑자기 분주해지는 병동 분위기가 심상치 않았다. CT에서 뇌출혈이 발견되어 바로 응급수술을 해야 한다고 했다. 보통은 많은 수술이 미뤄지는 연휴인데 다행히도 소아 뇌수술로 유명한 교수님께서 바로 수술을 해줄 수 있다고 했다. 여러 의사들이 돌아가며 뇌수술 치고 별것 아니라고 설명했지만 뇌에 구멍을 내 피를 뺀다는 것 자체가 너무나 무서워 아이가 백혈병 진단을 받았을 때보다 더 많이 울었던 것 같다. 아이가 수술을 받는 몇 시간 동안 떨어져 있어야 하고, 수술이 끝나도 중환자실에 가야 한다는 사실도 두려웠다.

내 마음과 상관없이 수술 준비는 일사천리로 진행되었다. 희수는 순식간에 준비를 마치고 수술실로 향하고 있었다. 수술은 한 시간도 안 걸릴 거라고 했지만 그거야 수술하는 사람의 입장인 거고 기다리는 사람의 마음은 그게 아니었다. 수술실 앞 전광판에 아이의 이름이 뜰 때까지 혹시 무슨 일이 생긴 것은 아닐까 말도 안 되는 걱정이 머릿속을 떠나지 않았다. 수술이 시작된 지 30분쯤 지나서야 희수는 전신마취를 하고 머리에 관을 꽂은 채 중환자실로 옮겨졌다.

수술을 마치고 나온 신경외과 교수님은 뇌의 중심이 밀려 비뚤어질 만큼 심각한 상태였는데도 두통 말고는 큰 증상 없이 지냈던 게 신기할 뿐이라고, 이 정도라면 언제든 숨이 넘어가도 이상하지 않았다고, 다행히 또 아주 다행히 뇌 안쪽이 아닌 바깥쪽 출혈이어서 작은 수술로 치료가 가능했던 거라고 했다. 그 와중에 '다행히'라는 말이 나온다는 사실이 그저 어이없었다.

수술실에서 나온 아이는 금세 안정을 찾았다. 중환자실에 이틀 이상 있어야 할 거라고 했지만 수술 경과가 좋아 하루도 지나지 않아 일반 병실로 옮겨졌다. 며칠 새 큰일을 겪고 놀라 일반 병실에 오자마자 다리가 풀려버린 엄마와 달리 희수는 무슨 일이 있었냐는 듯 전처럼 공부를 하고 책을 읽었다. 운동을 하면 빨리 좋아진다는 말에 병동 복도를 한 시간 넘게 도는 희수가 이제 존경스럽기까지 했다.

"저는 힘든 치료라도 괜찮아요. 엄마가 옆에서 지켜주기만 하면 돼요"라고 말하고는 흥얼거리며 할 일을 하는 이 아이의 곁을 끝까지 꼭 지켜주겠노라 다짐하고 또 다짐했다.

"선생님 같은 의사가 될 거예요!"

———— 2017년 12월부터 2019년 1월까지

재발 치료 스케줄은 이전에 받았던 것과는 차원이 달랐다. 1년 여간 집에 있는 시간보다 병원에 있는 시간이 더 길었다. 같은 항암제라도 표준치료 때의 몇백 배를 쏟아붓는 것을 1년 동안 쉼 없이 하고 있었다. 지난 치료 때는 허옇게 희석해서 찔끔 들어가던 MTX(항악성종양제)도 원액과 다를 바 없는 샛노란 상태로 다섯 병씩 밤새 들어갔다. 항암제가 혈관 밖으로 누출되면 피부가 괴사할 수 있으니 잘 지켜보라고 했고, 소변에조차 독성이 남아 있으니 손에 묻지 않도록 조심하라고 할 정도로 독한 약을 아이 몸속에 들이부었다.

아이들은 회복력이 좋아서 어른보다 훨씬 고용량으로 치료를 할 수 있다더니, 정말 희수는 그 독한 약을 몸속 가득 채워도 신기하게 회복해냈다. 항암제가 들어가고 며칠은 열이 나거나 토하며 드러누웠다가도 금방 괜찮아지곤 했는데, 그런 독한 항암제들을 종류만 바꿔가며 쉴 틈 없이 맞는 것을 1년여 반복하다 보니 횟수가 거듭될수록 회복하기까지 오래 걸렸다.

그래도 아이는 잘 버텼다. 열이 펄펄 끓어 끙끙 앓으며 눈물을 뚝뚝 흘리다가도 해열제로 잠시 열이 내려가면 벌떡 일어나서 뭐라도 해보려고 애썼다. 심한 구토로 밥을 먹기 힘들 때에도 먹어야 힘이 난다며 어떻게든 한 숟가락이라도 입에 넣고 꾸역꾸역 삼켰다.

센 항암치료가 계속되다 보면 3주씩 면역 수치가 0일 때도 있었다. 그럴 때면 보호를 위해 1인실에 역으로 격리되곤 했는데, 희수는 헬기가 자주 오르내리는 1인실 창밖을 바라보는 것을 좋아해 이때를 은근히 기다렸다. 병원의 창문까지 날려버릴 듯 프로펠러를 휘저으며 헬기가 착륙하면 멀찌감치 기다리고 있던 의료진들이 프로펠러가 채 멈추기도 전에 바람을 가르며 이동침대를 밀고 헬기로 돌진했다.

그 가운데 단연 눈에 띄는 사람은 이국종 교수님이었다. 희수에게는 연예인을 보는 것 마냥 가슴 떨리는 일이었다. 가슴에 수액을 줄줄이 달고 노란 환자복을 입은 빡빡머리 아이는 무릎을 꿇고 창문에 딱 붙어 "우와~" 감탄사를 연발하며 휴대폰으로 찰칵찰칵 사진을 찍기 바빴다. 그곳에서 희수는 모래바람 속에서도 앞뒤 가리지 않고 헬기로 뛰어드는 이국종 교수님처럼 생명을 구하는 의사 선생님이 되겠다는 꿈을 굳혔다. 오은영 선생님의 부모님은 어릴 적 몸이 약해 병원에 자주 갔던 딸을 보며 "의사 선생님들을 자주 만나는 걸 보니 나중에 의사 선생님이 되려나 보다"라고 하셨다던데, 나 역시 훌륭한 의사 선생님들을 이렇게도 많이 만나는 희수는 정말 훌륭한 의사 선생님이 될 거라고 생각했었다.

보통의 건강한 사람이라면 살면서 몇 번 만나기 힘든 의사 선생님들을 매일 만나던 희수는 보는 선생님마다 붙잡고 "어떻게 하면 의사가 될 수 있어요?"라고 묻는 게 일상이었다. 그러면 선생님들은 비밀이라도 알려주는 듯 "책 많이 읽고 나중에 공부 열심히 하면 돼"라고 상냥히 답해주셨다. 공부는 어차피 나중에 지겹도록 해야 하니 지금은 그렇게 열심히 하지 않아도 된다고 선생님들이 만류했지만 희수에게는 공부가 삶의 의미이자 원동력이었기에 하루도 쉬지 않았다. 지금은 아프지만 열심히 공부해서 꼭 의사 선생님이 되겠다는 의지로 하루하루를 버티고 살아갔다.

바이올린도 놓지 않았다. 바이올리니스트와 의사 중 하나를 선택하느라 한참을 고민하는가 싶더니 두 가지 꿈을 절충한 '서울의대 오케스트라 악장'으로 꿈을 재정비했다. 그러려면 바이올린도, 공부도 소홀히 할 수 없다며 열심이었다.

키가 자라면서 팔도 길어져 조금 더 큰 바이올린으로 바꾸어야 할 시기가 오자 어릴 때부터 알뜰하게 통장에 모아두었던 돈을 확인하고는 서울에 있는 큰 악기점에 가자고 했다. 새 악기보다는 잘하는 사람이 쓰던 중고였으면 좋겠다며 여러 바이올린 소리를 들어보더니 가진 돈을 탈탈 털어 꽤 좋은 바이올린을 사들고 와서는 닦고 또 닦으며 귀하게 대했다.

레슨을 받을 수 있을 때는 선생님을 만났지만 잦은 치료로 체력이 떨어져 한 시간 레슨조차 힘들어지자 레슨을 받는 대신 조금씩 기운을 쪼개 혼자 새로운 곡을 연습하기 시작했다. 의자에 앉아 겨우겨우 연습하면서도 가수 헨리가 연주했던 〈차르다시〉나 예술중학교 입시곡인 〈비오티 바이올린 협주곡〉 같은 어려운 곡들도 제법 멋들어지게 연주해냈고 특유의 감성으로 가요나 팝송쯤은 즐기며 연주했다.

치료 중에 틈이 나면 콩쿠르 준비를 해서 슬쩍 나가기도 했다. 항암치료를 받느라 다 빠져버린 머리카락에도 아랑곳하지 않고 모자를 툭 덮어쓰고는 대회에 참가하여 당당히 상을 받았다. 소아암 환아들의 소원을 들어주는 재단을 통해 바이올리니스트 이작 펄만을 만나기도 했다. 어마어마한 대가 앞에서도 긴장하기는커녕 당당하게 바이올린을 들고 연주를 펼쳤고 웃으며 대화하고 직접 쓴 편지를 건넸다.

아이가 다니는 병원에서는 매년 완치 파티를 열어 완치자들을 축하해주었는데 희수는 2015년 일곱 살 때부터 매년 바이올린을 들고 축하 무대에 섰다. 치료를 같이 시작한 친구들이 다 치료를 마치고 완치 메달을 받는 동안 홀로 여전히 치료를 받고 있으면서도 내년에는 꼭 메달을 받을 거라며 기쁜 마음으로 무대를 준비하고 친구들을 축하해주었다.

축하 무대에 선 지 4년째였던 어느 완치 파티 날, 박준은 교수님께서 희수를 위해 특별한 분을 초대해주셨다. 이국종 교수님이셨다. 1인실에서 창밖의 이국종 교수님을 보며 좋아하던 아이에게 언젠가 꼭 만나게 해주겠다고 약속하셨는데, 계속 기억하고 계셨던 모양이다. 생각보다 오래 걸려서 미안하다면서도 결국 약속을 지켜주셨다.

아이는 이국종 교수님께 궁금했던 것을 질문하기도 하고, 교수님 책에 사인도 받고, 기념 촬영까지 하며 즐거운 시간을 보냈다. 그러고 집에 돌아와서는 책상 앞에 앉아 담당 교수님에게 편지를 쓰기 시작했다. 이국종 교수님을 너무 반긴 나머지 혹시라도 담당 교수님이 서운하셨을까 봐 편지지에 진심을 꾹꾹 눌러 담았다. "저는 박준은 교수님처럼 아픈 아이들을 돌보는 소아혈액종양내과 의사가 될 거예요."

두통과 함께 찾아온 두 번째 재발

2019년 2월

긴 입원을 마치고 집에 돌아오는 날이면 우리는 가방을 바꿔 강원도로 향했다. 혹시 모를 응급 상황을 대비해야 했기 때문에 병원과 먼 남쪽으로는 가기가 어려워서 매번 강원도, 그중에서도 정선 근처에 숙소를 잡았다. 항상 그 주변을 도는 비슷한 여행이었지만 아이는 가족과 함께하는 여행을 무엇보다 좋아했다. 먹어야 하는 수많은 약들과 깨끗한 식기에 이불, 청소 용품까지 바리바리 싸다 보면 트렁크가 겨우 닫혔다.

숙소에 도착하면 살균제로 곳곳을 내 집처럼 닦아내고 우리 이부자리까지 깔아야 마음이 놓이는 여행이었지만 그마저도 즐거웠다.

낮에는 근처 관광지와 시골 시장을 구경하고 저녁이면 아이가 좋아하는 고기를 구워 먹으며 밤을 기다렸다. 주말 밤마다 강원랜드에서 터뜨리는 불꽃놀이를 숙소 창문에 매달려 구경하는 것이 우리 여행의 하이라이트였다. 창밖으로 팡팡 소리를 내며 갖가지 모양의 불꽃들이 터지면 둘째 아이는 흥분해서 꺄악 소리를 질렀다. 그러는 동안 감정 표현이 적은 희수는 입가에 미소를 잔뜩 머금고는 히히, 우와 하는 것이 전부였지만 그 화려한 기억으로 긴긴 치료 기간을 버텨냈다.

그러는 사이 재발 치료 스케줄도 반 이상 지나고 있었다. 지긋지긋한 항암치료를 마치고 방사선치료에 들어갔다. 방사선치료는 장기 후유증이 많아 요즘은

백혈병 치료로는 잘 하지 않는 추세지만 희수는 항암제가 침투하기 어려운 중추신경계 재발이다 보니 꼭 해야 한다고 했다. 피부가 까매지고 머리가 빠지는 비교적 가벼운 문제부터 시작해서 장기적으로는 자잘한 뇌 손상을 피할 수 없고 인지 장애나 성장 저하, 호르몬 이상까지 생길 수 있다고 했다. 그런 무시무시한 말들을 들으면서도 눈물 한 방울 흘리지 않고 마른 침만 꿀꺽 삼키며 동의서에 사인을 했다. 살 수만 있다면, 이미 많은 부분을 포기한 일이었다. 다만 의사가 되고 싶다는 아이이니 뇌 손상이라도 적게 되기를, 그것만 바라고 바랄 뿐이었다.

공기마저 차디찬 방사선실에 아이는 홀로 들어갔다. 넓은 방 한가운데 덩그러니 놓여 있는 방사선 기계에 누우면 도중에 움직이지 못하도록 미리 맞추어 놓은 틀로 머리를 기계에 고정시켰다. 그 상태로 머리에서 척수까지 방사선을 쬐는 것을 12일 동안이나 반복했지만 희수는 무섭다거나 하기 싫다는 소리 한 번을 하지 않고 치료를 마쳤다.

방사선치료를 마치자마자 바로 '유지치료'를 시작했는데 4년 넘게 쉼 없이 항암치료를 해온 아이의 컨디션은 도무지 유지되지 않았다. 걸핏하면 면역 수치가 0을 찍어 그라신(백혈구 촉진제)을 맞으러 일주일 내내 병원에 가는 것이 일상이 되었다. 스케줄에 포함되어 있는 스테로이드제를 먹으면 근육이 다 빠져 며칠씩 걷지 못했다가 약을 끊으면 다시 회복하는 것을 반복하다 보니 걸음걸이조차 절뚝절뚝 이상해졌다.

아이러니하게도 몸을 움직이기 힘들어질수록 희수는 공부를 더 열심히 했고 완치 후의 삶을 철저하게 계획했다. 학교를 2년째 못 가고 있었지만 그 어떤 건강한 초등학교 4학년 아이보다 열심히 살고 있었다. 그 와중에도 차근차근 공부해온 한자 시험을 봤고 하루도 빠짐없이 서너 시간씩 공부한 영어로 상을 받았다. 학원 근처에도 가본 적 없지만 수능 영어 문제도 거뜬히 풀 만큼 영어를 잘했고 원어민과도 망설임 없이 대화를 했다.

희수는 힘들수록 희망을 잃지 않고 나아질 미래를 준비했다. 몸이 건강해지면 자전거를 타고 눈썰매장에 갈 소박한 계획을 세우며 할아버지를 졸라 커다란 바퀴가 달린 자전거 선물도 미리 받아두었다.

그런데 며칠 후부터 머리가 아프기 시작했다. 진통제를 먹여봤지만 나아지지 않았다. 아이 앞에서 티내지 않았지만 두통은 언제나 좋지 않은 징조였다. 다음 날 외래 진료 시간, 교수님을 보자마자 엄마에게 하소연하는 어린아이처럼 눈물이 쏟아졌다. "교수님, 희수 머리가 아프다고 해서 진통제를 먹였는데도 나아지지 않아요. 어떻게 해요?" 항상 긍정적이던 교수님 표정이 급격히 어두워지셨다. 빠르게 병상을 잡아 각종 검사를 했고 다음 날 오전에 한 척수검사에서 또다시 악성 세포를 확인했다. 두 번째 재발이었다. 그동안 했던 독한 치료들이 듣지 않았다는 뜻이다. 항암치료만으로 잘 안 되었을 때 남은 방법은 골수이식뿐이었다.

동생. 참 못되게도 그 순간 둘째가 있다는 것이 그렇게 다행일 수가 없었다. 때마침 학교를 마친 둘째에게 전화가 왔다. “엄마, 내일 반장 선거가 있거든요. 거기 나가기로 했는데 공약을 뭐로 하는 게 좋을까요?” 잔뜩 들뜬 목소리로 묻는 3학년 딸에게 말했다. “미안한데 너 내일 학교에 못 가. 오빠가 다시 아파서 네가 혈액검사 하러 병원에 와야 해.” 정말 이렇게 못되게 말했다. 2학기 반장 선거에서는 엄마가 무슨 수를 써서든 꼭 반장 되게 도와줄 거고 그동안은 우리 집에서 반장을 하라는 예쁜 말로 살살 달랬지만 그 속은 오빠를 살릴 생각뿐이었던 못된 엄마였다.

두 번째여도 슬프고 아픈 건 마찬가지였다. 거기에 두려움까지 더해졌다. 희수의 손을 잡고 병원 복도를 돌며 "희수야. 아직도 희수 몸속에 백혈병 세포가 남아 있어서 골수이식을 해야 할 것 같아. 이식한 형아들, 동생들 많이 봤지? 지금까지 치료한 게 억울하긴 하지만 이식하면 다 나을 수 있을 거야. 그때까지 조금만 더 참아보자~" 둘이서 화도 내고 억울해도 하며 한참 얘기하는 동안에도 흐르는 눈물을 멈출 수가 없었다. "엄마, 너무 걱정하지 마세요. 두 번째 치료니까 이번에는 잘되겠지요." 희수가 오히려 나를 위로했다. 도대체 열한 살이 어떻게 이럴 수가 있을까. 그 통달한 듯한 어른스러움에 할 말을 잃었다.

늦은 시각. 교수님께 연락이 왔다. 만약에 동생과 유전자가 안 맞고 타인 중에도 유전자가 일치하는 사람이 없으면 반일치 이식(유전자가 반만 맞는 부모의 조혈모세포를 이식하는 것)이라도 해야 하는데, 이 병원에서는 할 수 없으니 일찌감치 서울의 큰 병원으로 옮기는 게 어떻겠냐는 전화였다. 말은 권유였지만 교수님의 강경한 말투는 강요에 가까웠다. 내가 잠시 주저

하자 마치 가족처럼 나를 다그치셨다. "뭐라도 해봐야 할 것 아니에요!"

내 대답을 듣기도 전에 이미 서울에 있는 병원과 교수님까지 알아보고 연락을 취해두셔서 우리는 몇 시간 만에 모든 준비를 마치고 서울로 향하는 구급차에 오를 수 있었다. 가뜩이나 정신이 하나도 없는데 구급차가 요란한 사이렌 소리를 내며 없던 길까지 만들어 급하게 서울로 향하는 통에 더더욱 정신이 없었다. 그렇게 우리는 모세의 기적을 뚫고 한 시간은 족히 걸리는 수원에서 송파까지 25분 만에 도착했다.

낯선 병원의 응급실로 아이가 누운 침대를 밀고 들어가면서 이질적인 공기에 순간 위축되었다. 아이 앞에서는 일부러 이조차도 나중에는 추억이 될 거라며 휴대폰 카메라를 켰지만 손이 벌벌 떨려 사진을 찍을 수 없었다. 병원에서 몇 발짝만 나가면 우리 집이었던 수원과는 다르게 어딘지도 모르는 먼 곳에 뚝 떨어진듯 한 두려움을 말로 다 표현할 수가 없었다. 4년간 정들었던 병원 식구들이 없는 이곳에서 새롭게 시작해야 하는 치료들이 걱정되기 시작했다.

'백혈병을 극복한' 훌륭한 의사

2019년 3월

재발의 시작은 두통이었다. 대부분의 재발 증상은 항암치료를 시작하면 좋아진다는 것을 알고 있었기에 병원을 옮기고 치료만 시작하면 금방 좋아질 줄 알았다. 그러나 생각했던 것보다 조치가 빠르게 이뤄지지 않았다. 척수에만 재발인 것과 골수까지 재발인 것은 치료 과정이 다르기 때문에 골수검사 결과가 나올 때까지 며칠을 더 기다렸다가 항암치료를 시작해야 한다고 했다.

그사이 희수의 두통은 점점 심해졌다. 잘 보이던 눈도 시야가 깨진 듯 보인다고 했다. 웬만한 아픔은 거뜬히 참아내던 아이였는데 마약성 진통제를 써도 효과가 두 시간을 가지 못했다. 마약성 진통제는 시간 간격을 잘 지켜 사용해야 하기 때문에 다음 약을 쓸 수 있을 때까지 몇 시간을 기다리며 아이는 울다 못해 온몸을 경기하듯 파르르 떨었다. 머리를 눌러주면 조금 덜 아프다고 하여 종일 희수 옆에 비스듬히 누워 한 손으로 머리를 꾹 누르고 있었다. 그렇게 하면 살짝 잠들었다가도 손을 떼면 또 몸서리치며 아파해서 3일 내내 머리를 누르고 있었다.

골수 재발은 아니라는 검사 결과가 나오고서야 겨우 항암치료를 시작할 수 있게 되었다. 치료 방향이 정해지면서 아이 아빠도 호출되었다. 희수를 맡아주시기로 한 내 또래로 보이는 김혜리 교수님은 첫인상부터 꽤나 믿음직스러웠다. 우리가 묻는 질문에 뭐든 똑 부러지게 대답해주었고 모르는 것이 없어 보였다.

"희망이 있는 건가요?"라고 묻는 아이 아빠에게 "그럼요! 항암치료만으로는 어렵겠지만 이식을 한다면 분명 희망이 있습니다"라며 확신을 가지고 대답해주었다. 소아 급성림프백혈병에서 재발을 하는 사례조차 많지 않은 데다가 그중에서도 척수 재발은 더더욱 흔하지 않았다. 이제 통계, 확률 자체가 무의미하다는 것을 우리도 잘 알고 있었기에 아이의 상황에 대해 잘 이해하고 있는 교수님을 믿고 따르기로 했다.

골수이식 전 항암 스케줄을 시작했다. 백혈병에 쓰이는 약은 거기서 거기인지라 대부분은 써봤던 약이었는데 스케줄에는 홀록산이라는 안 써본 약이 포함되어 있었다. 전에 이 약을 쓰고 항문이 헐다 못해 엉덩이까지 벗겨져 힘들어하던 다른 아이를 본 기억이 있어 약을 쓰기 전부터 걱정이 이만저만이 아니었다. 하지만 중추신경계로 들어갈 수 있는 항암제가 많지 않다 보니 다른 도리가 없었다. 그 독한 약이 꽤 많은 용량으로 5일이나 들어갔다. 며칠 만에 면역 수치는 0

이 되었고 그때부터 열이 오르기 시작했다. 입안은 온통 하얗게 헐어 마취약이 섞인 가글을 해봐도 소용없을 만큼 아파했고 항문은 헐어 저절로 피가 흐를 정도였다. 엎친 데 덮친 격으로 설사까지 시작되어 고통스럽게 화장실을 들락거렸다.

그렇게 며칠째 기운 없이 화장실만 들락날락하던 어느 날, 힘들어하긴 했지만 화장실에 갈 때까지는 큰 문제가 없었는데 볼일을 다 보고 뒷정리 중에 희수의 얼굴이 갑자기 노랗게 변하더니 털썩 주저앉아 말까지 어눌해졌다. 희수는 꼬부라진 발음으로 힘겹게 "엄마 너무 힘들어요. 눈이 안 보여…" 하더니 그 자리에서 실신해버렸다. 급하게 변기 옆에 있는 응급 호출 버튼을 누르자 간호사 선생님과 의사 선생님들이 달려왔고 곧바로 처치실로 옮겨졌다. 침대에 눕히고 바이탈(혈압, 맥박, 호흡수, 체온) 체크를 하는데 혈압이 너무 낮아 재지지 않았다. 처음 겪는 일이었다. 의료진들은 몇 가지 체크를 하더니 패혈증인 것 같으니 빨리 중환자실로 옮겨야 한다고 했다. 급히 혈압을 올리는 약과 이름 모를 여러 가지 약들이 연이어 들어갔다.

어디서 나타났는지 순식간에 열 명 가까운 의료진들이 달라붙어 누구는 정신을 잃은 아이의 이름을 불러 깨우고, 누구는 분주하게 컴퓨터 앞을 오가며 처방을 하고, 또 다른 누구는 급히 어딘가로 전화를 걸었다. 정신없이 돌아가는 눈앞 상황과 다르게 그런 광경을 가만히 지켜볼 수밖에 없는 나만 시간이 멈춘 듯 빙하니 서 있었다.

그 와중에 희수는 정신이 좀 돌아오자 억지로 눈을 뜨며 침착하게 말했다. "선생님~ 제가 이러다가도 한잠 자고 일어나면 괜찮아지더라고요." 애쓰는 희수의 노력이 눈물겨웠다. 아이는 곧바로 중환자실로 옮겨졌고 나는 그사이에 각종 사인을 하며 아이 아빠에게 바로 병원으로 와달라고 울며 전화했다.

아이를 중환자실에 내려보내고 경과를 기다리는 몇 시간 동안조차 가만히 있을 수 없었다. 의료진들은 희수의 면역력이 낮아 스스로 균을 이겨낼 힘이 없으니 빨리 백혈구 공여자를 구해서 수혈을 해야 한다고 설명했다. 가만히 기다려도 피가 마르는 시간인데 공여자를 구하려고 여기저기 연락을 하느라 정신줄을 꽉 잡고 있어야 하니 미칠 노릇이었다.

백혈구 수혈이라는 게 일반 수혈과 다르게 수혈 전날 미리 병원에 와서 백혈구 촉진제를 맞고 다음 날에 긴 시간 채혈을 해야 하는 일인데 누가 해줄까 싶었다. 게다가 주변에 O형이 생각보다 많지 않았다. 정신없이 여기저기 연락한 끝에 몇 명을 찾았다. 친한 친구는 물론이고 일면식도 없던 친구의 친구의 신랑, 친구의 동생, 심지어 병원 근처 아파트에 사는 분들까지 돕겠다고 약속해주셨다.

그러는 사이 중환자실에 있던 희수의 혈압이 어느

정도 안정을 찾았다는 연락이 왔다. 원인은 아직 못 찾았지만 아까보다 나아진 아이의 얼굴을 확인하자 다리에 힘이 풀려 중환자실 앞에서 주저앉고 말았다. 패혈증의 원인균은 곧 나왔다. 누구나 장 속에 가지고 있는 대장균이 항문에 생긴 상처를 통해 면역력이 전혀 없는 아이의 몸속에 들어간 것이었다. 그래서 염증 수치가 무섭게 치솟았는데, 아빠 친구가 이틀에 걸쳐 수혈해준 백혈구를 맞고 금세 안정을 찾았다.

중환자실이 처음인 것도, 패혈증이 처음인 것도 아니었지만 이렇게 오래 떨어져본 적은 처음이었다. 희수도 나도 며칠을 분리불안에 시달렸다. 면회 시간이면 희수는 중환자실 선생님들이 아프게 채혈한 것, 불편한 소변줄을 끼운 것 등을 귀엽게 이르기 바빴다. 면회 시간이 왜 이리 짧은 거냐며 내 손을 잡고 놓을 줄 몰랐고, 그런 아이를 두고 나오면 나도 뭘 해야 할지 모르는 상태로 혈액 수치가 나오는 병원 어플을 계속 들여다보며 다음 면회 시간이 되기만을 기다렸다.

중환자실에서 회복하고 나오려면 최소 4, 5일은 걸릴 거라고 했는데 희수는 이번에도 무서운 속도로 회복하며 3일 만에 일반 병실로 돌아왔다. 일반 병실로 돌아와 중환자실에서 엄마와 떨어져 지냈던 정신적 충격으로 잠시 엉엉 울며 힘들어하더니 몇 시간 만에 벌떡 일어나 앉았다. 그러고는 밥을 먹고 기운 내 평소처럼 책을 찾고 병동을 산책하기 시작했다.

"엄마 오늘 면역 수치는 몇이에요? 간 수치는요? 수혈 받을 건 없고요? CMV(거대세포바이러스) 수치는 얼마나 떨어졌대요?" 하며 자기 몸 상태를 직접 체크하고, "선생님~ 이러이러한 증상이 있는데 대체 원인이 뭘까요?"라며 의사들에게 압박 질문을 하는 희수는 이 큰 병원에서도 보기 드문 아이여서 여러 의사 선생님들에게 예쁨을 받았다.

"교수님, 스테로이드제를 이렇게 많이 먹으면 제가 못 걷게 되거든요. 그러니까 용량을 좀 조정해주시면 안 될까요?" 하며 강경한 교수님께 며칠을 졸라 결국 75퍼센트만 쓰기로 허락을 받아내는 아이. 이런 아이를 의료진들이나 다른 보호자들은 신기해하고 기특해했지만 나는 가끔은 이 녀석이 좀 덜 똘똘했으면 싶을 때가 있었다. 장난감총이랑 팽이 들고 뛰어다니며 스마트폰 하는 걸로 엄마랑 실랑이하는 여느 아이들처럼 그냥 철없고 아무것도 몰랐으면 싶었다.

처음 아이가 백혈병 진단을 받았을 때는 '백혈병을 극복한'이라는 단어들이 붙은 훌륭한 사람이 되겠구나 막연하게 생각했다. 그런데 흔하지 않게 두 번이나 더 재발을 하고 골수이식까지 앞두고 있자니 대체 얼마나 훌륭한 사람이 되려고 이 많은 재능과 고난을 한꺼번에 주신 걸까 의문마저 들었다. 그리고 오랜 고심 끝에 결론지었다. 우리 희수는 분명 수많은 고난을 극복하고도 슈바이처 이상으로 헌신적이고 훌륭한 의사가 될 거야!

물소리 은溵, 맑을 찬澯

2019년 4월부터 2019년 9월까지

아이가 새로운 병원에서 치료를 받는 동안 둘째는 오빠와 유전자가 일치하는지 확인하기 위한 혈액검사를 했다. 둘째는 평소에도 겁이 많아 예방주사를 맞을 때조차 애먹이는 아이였는데, 자기가 오빠를 살릴 열쇠라는 것을 잘 알고 있는지 덤덤하게 팔을 내밀었다.

조혈모세포 이식에는 여러 형태가 있는데 가장 좋은 방법은 100퍼센트 유전자가 일치하는 형제에게 이식을 받는 것이다. 그러나 형제 간 유전자가 같을 확률이 25퍼센트이니 그리 높은 확률은 아니었고, 유전자와 성격은 상관이 없다지만 어쨌든 두 녀석 평소에 달라도 너무 달랐던지라 100퍼센트 맞을 거라는 기대는 사실 크지 않았다. 역시나 둘의 유전자는 반밖에 맞지 않았다.

다시 타인 공여자 중 유전자가 맞는 사람이 있는지 찾아야 했다. 유전자가 일치하는 공여자가 하나도 없는 경우도 종종 있는데 희수는 다행히도 맞는 사람이 49명이나 되었다. 맞는 공여자가 많으면 한 명씩 순차적으로 연락을 취하며 나머지 검사를 하게 되는데 운이 좋게도 첫 번째로 검사했던 30대 젊은 남자분과 유전자가 모두 일치했고 고맙게도 그분이 이식을 해 주기로 하셨다. 고난의 와중에도 많은 것들이 순조롭게 진행되고 있었다.

그사이 아이도 나도 새로운 병원 생활에 많이 적응

했다. 상황이 비슷한 형과 친해져 함께 프라모델을 만드는 취미 생활을 했고, 어린 동생들을 지켜보며 귀엽다고 미소 짓기도 했다. 사람이 없는 밤 시간이면 폴대를 밀고 백화점만큼이나 큰 병원 지하에 내려가 책이며 간식 쇼핑을 해서 1층 야외 벤치로 나가 바람을 쐬며 한밤의 피크닉을 즐기기도 했다. 한강이 내려다보이는 6층 야외 휴게실은 우리의 비밀 장소였다. 오랜 시간 대기하던 병실 창가 자리를 쟁취했을 때에는 블라인드만 올리면 올림픽대교가 훤히 보이는 병원 창밖을 내다보며 "한강이 보이는 집에는 못 살아도 한강 전망인 병원에 다니는 것도 호사"라며 웃었다.

소아과 병동, 그중에서도 암 병동이다 보니 선생님들 대부분 친절하셨다. 희수가 간호사 선생님들 몇 분에게 열쇠고리를 만들어 선물하면 며칠 후 젤리로 돌아왔다. 병실을 옮겨도 몰래 찾아와서 한참 수다 떨고 가는 친한 선생님도 생겼고 펠로우 선생님은 왕년에 '방배동 민 선생님'으로 날렸다며 여차하면 공부까지

봐줄 기세로 아이를 살갑게 챙겨주셨다. 도도해 보이던 주치의 교수님조차 "우리 희수~ 우리 희수~" 하며 아이를 아끼셨다. 희수는 이곳에서도 사랑받는 아이였다. 오로지 치료를 목적으로, 그것만 보고 온 병원에서 또 새로운 인연을 만나고 아이의 마음도 조금씩 또 열리고 있었다.

이식 방에 들어가기 전까지 받는 항암치료는 중환자실에서 나온 이후로도 자비 없이 셌다. 입원한 지 37일 만에야 겨우겨우 집에 갈 수 있었지만 집에 있는 내내 일상생활이 불가능할 정도로 온몸을 아파했고 음식도 거의 먹지 못했다. 며칠을 꼼짝없이 누워있던 아이가 힘겹게 입을 열어 말했다. "엄마, 나 꿈이 바뀌었어요. 좋은 일 하는 의사가 되고 싶어요. 사람들을 도와주는 의사요. 어떤 방송에서 봤는데 외국에 나가서 아픈 사람들 치료해주는 의사도 있더라고요. 그런 사람이 되고 싶어요." 국경없는의사회를 본 모양이다. 핏기 없는 얼굴로 이불을 뒤집어쓰고 누워서 덜덜 떨면서도 그렇게 말하는 아이를 보고 있자니 목이 메었다. 네가 건강했다면… 얼마나 멋지게 살아가고 있을까? 꼭 나아서 그 훌륭한 사람 되자! 아이도 나도 점점 강해지고 있었다.

모든 항암치료를 마친 7월, 말로만 듣던 이식 방에 드디어 입성했다. 그날의 느낌이 아직도 생생하다. 차례차례 열리는 이중 유리문을 지나면 컨테이너와 다를 바 없는 네모반듯한 방이 나왔다. 천장에 달린 커다란 공기정화장치는 윙윙 시끄러운 소리를 내며 돌아갔고 커튼조차 달려 있지 않은 손바닥만 한 창문 멀리 롯데타워에서 화려한 불빛이 번쩍거렸다.

이식을 무사히 마치면 우리도 저곳을 갈 수 있을까. 이식으로 잘못될 확률도 분명 있기에 나는 애써 불안함을 외면하고 있었지만 아이는 그저 홀가분해보였다. 어쩌면 들떠 있었다는 표현이 맞을 정도로 수다스럽게 떠들었다. "엄마, 예전에 나 히크만 빼고 눈썰매 탔을 때 진짜 재밌었는데, 이식 끝나면 거기 또 가요. 썰매 끌고 올라가는 건 힘들었지만 눈썰매도 재미있고 내려와서 먹은 핫도그도 진짜 맛있었어요. 나 그때 살 쏙 빠져서 그때 사진 보면 나인지 모르겠을 정도로 잘생겼던데…. 우리 서울랜드도 가요. 이식 전에 가기로 했었는데 택도 없네요. 다 끝나고 꼭 가요. 우리 이번에는 완치되는 거지요? 이번에 완치되면 몇 년 만이지? 5년 만에 끝나는 거네요. 와~" 하며 떠들다가 밤늦게야 잠이 든 아이를 보니 저 정도 의지면 살겠다는 생각이 절로 들었다.

다음 날부터 드디어 '이식 전처치'가 시작되었다. '전처치'란 이식을 받기 위해 몸속의 자기 세포를 다 죽인 후 새로운 피를 받아들일 수 있는 상태로 만드는 과정으로, 백혈구를 포함한 면역 관련 기능들을 모두 불능으로 만든다. 희수의 경우 두 번째 재발이어서 할 수 있는 한 최대한 세게 진행해야 한다고 해서 시작부터 걱정이 이만저만이 아니었다.

전신 방사선치료를 하루에 두 번씩 4일 하는 것으로 시작된 이식 준비는 첫날부터 쉽지 않았다. 멀쩡하던 아이는 밤이 되자 턱이 너무 아프다며 얼굴을 잡고 뒹굴었다. 방사선치료가 원인이라 통증이 없어지지 않으면 치료를 중단해야 했다. 아파하는 아이도 걱정이었지만 그렇다고 치료를 중단하게 되면 전처치를 계획대로 할 수 없게 되기 때문에 여러 가지로 좋지 않은 상황이었다. 다행히 새벽까지 여러 약을 쓴 끝에 통증이 겨우 잡혀 치료를 계속 이어나갈 수 있었다.

방사선치료를 마치고 나면 악명 높은 '토끼 혈청' 차례였다. 실제 토끼의 혈청을 주입하는 것인데, 이때 열이 안 나는 경우는 거의 없다며 미리 겁을 주어 걱정했는데 희수는 신기하게도 열이 거의 나지 않았다. 시작이 나쁘지 않았다.

전처치를 무사히 마치고 모든 면역 수치가 0이 되었던 2019년 7월 9일 오후, 희수는 드디어 조혈모세포 이식을 받았다. 원래 이식 과정은 수혈 받을 때처럼 간단하지만, 그래도 힘들어서 누워서 받지 않을까 생각했는데 희수는 씩씩하게 앉아서 평소와 다름없이 여유 있게 화상영어 수업을 하며 방금 받아온 따끈따끈한 공여자의 핑크빛 조혈모세포를 이식받았다. 조혈모세포는 히크만카테터를 타고 아이의 몸속으로 들어갔다. 다시 태어나는 순간이었다. 그동안의 아픔은 모두 잊고 건강한 피로 다시 태어날 수 있기를… 온 가족이 손 모아 기도했다.

역시 이식은 쉬운 과정이 아니었다. 이식받은 조혈모세포가 자리 잡기 시작하면서부터 고열이 지속되었다. 특히 입안이 하얗게 될 만큼 다 헐었고 목이 타들어가는 것 같다며 데굴데굴 구를 정도로 아파해서 마약성 진통제를 계속 쓰면서 수면제까지 맞아야 겨우 잠시 잠들 수 있었다. 구토도 계속되어 나중에는 피와 위액이 고스란히 나올 정도여서 음식 대신 영양제와 수액으로 버텼다.

힘겹게 버텨낸 아이는 열흘 후 예쁘게 면역 수치를 올려주었다. 새로운 조혈모세포가 일을 하기 시작했다는 증거였다. 생착이 되기 무섭게 아이의 컨디션도 빠른 속도로 좋아졌고 희수는 컨디션이 좋아지기 무섭게 그간 못 한 공부들을 하기 시작했다. 죽다가 살아났으면서 구몬 조금 밀렸다고 동동대는 모습에 어이없어 웃음이 났다.

생착이 잘되었음에도 이식 후 숙주 반응을 조절하느라 한참을 더 입원해 있었다. 입원해 있는 동안 병실에서 아이와 함께 새 이름을 고르기 바빴다. 미신을 믿지 않는 우리였지만 상황이 여기까지 오니 혹시나 하는 마음에 사람이 할 수 있는 일은 다 해보고 싶었고, 그중 하나가 개명이었다. 희수는 작명소에서 받아온 몇 가지 좋다는 이름 중 '은찬'이라는 이름을 마음에 들어 했다. 물소리 은溵, 맑을 찬澯. 바이올린을 하는 아이와 잘 어울리고, 다시 태어나는 데 걸맞게 당찬 느낌의 이 이름을 개명 신청서에 또박또박 적었다.

이식을 위해 입원한 지 35일째이자 드디어 퇴원하는 날이 밝았다. '희수'로 입원했던 아이는 '은찬'이가 되어 병원을 나섰다. 새로운 이름으로, 새로운 피로 다시 태어났으니 좋은 일만 있으리라 기대하며 손을 꼭 잡고.

4장

매일 1퍼센트 희망에 매달렸다

세 번째 재발과
유일한 희망 킴리아

2019년 10월부터 2020년 2월까지

퇴원 후에도 일주일에 두 번씩 외래 진료를 받았다. 병원에 가면 부족한 피를 수혈 받거나 스케줄에 따라 면역글로불린 주사를 맞기도 했고, 끝난 줄 알았던 척수 항암치료도 몇 번 더 했다. 항진균제, 면역억제제, 스테로이드제, 위염약, 영양제, 간 보호제까지 매끼 먹어야 할 약도 산더미였지만 일곱 살부터 알약을 먹었던 아이는 열 알도 넘는 약을 종이컵에 담아 한입에 털어 넣고는 물 한 모금으로 꿀꺽 잘도 삼켰다.

차를 타고 멀리 서울까지 가서 병원에서 긴 시간을 보내고 집에 오면 건강한 나조차 녹초가 되었다. 젖은 빨래처럼 축 늘어져 소파에 길게 드러누워 있으면 은찬이는 그런 나를 지나쳐 책상에 가 앉았다. 아무 일 없었다는 듯 연필을 들고 눈동자를 바삐 굴리는 아이의 뒤통수를 보고 있으면 부끄러움이 몰려왔다. 5년을 투병하고도 남들과 같아지지 못하고 걸핏하면 응급 상황에 몸도 여기저기 온전하지 않으면서도 아무런 불만 없이 매일을 오늘처럼 사는 아이는 그 어떤 위인보다도 위대해 보였다.

며칠 후, 눈에 무언가 떠다니며 시야를 가린다고 하여 또다시 MRI 기계에 누웠다. '뇌출혈'이었다. 뇌출혈이라는 무서운 진단에도 우리는 병이 재발한 것만 아니면 괜찮다며 안도의 한숨을 내쉬었다. 신경외과 교수님은 출혈량이 많지 않지만 몸을 못 움직이게 될 수 있을 만큼 위험한 위치였는데 기적이라고 했다. 우리에게 이 정도 기적은 이제 놀랍지도 않았다.

몸을 움직이는 데는 문제가 없었지만 오른쪽 시야의 반이 사라졌다. 그동안 그래왔듯이 기다리면 곧 돌아올 거라고 생각했지만 시간이 지나도 아이는 오른쪽을 볼 수 없었다. 새로운 문제를 안고 집에 돌아온 지 며칠도 지나지 않았는데 이번에는 양쪽 눈이 모두 뿌옇게 보인다고 했다. 일시적인 증상일 거라고 아이를 안심시켜놓고 옆에 지키고 앉아 있는데 조금 지나자 아이가 갑자기 헛소리를 하기 시작했다.

고개를 허공으로 틱 틱 반복해 돌리며 얇고 떨리는 목소리로 이상한 말들을 쏟아냈다. "내가요. 지금은 토할 것 같아서요. 아무것도 안 먹을 거예요. 그런데 있잖아요. 구칠은 육십삼." 처음 보는 상황에 놀라서 119에 전화를 하는데, 갑자기 경련을 하기 시작하며 숨을 못 쉬어 얼굴이 새파랗게 질렸다. 나에게 기댄 아이를 꼭 안고 있다가 경련이 멈춘 후 침대에 눕히고 119에서 시키는 대로 가슴을 두드리며 이름을 부르니 힘들게나마 대답을 했다.

잠시 후 아이가 "숨 쉬기가 힘들어요"라고 말을 뱉을 때까지 내 아이가 금방이라도 죽을 것 같은데 내가 어떻게 해야 할지 아무것도 모르겠는 그 상황에, 내 무능함에 너무 화나고 또 무서웠다. 어떤 상황에서도 항상 침착했던 내가 "어떡해, 어떡해"만 연발하며 머릿속이 새카매진 것은 이번이 처음이었다.

구급차를 타고 길을 열며 달려 40분 만에 응급실에 자리를 잡았다. 마침 교수님도 퇴근 전이어서 오셨는데 CT, MRI를 봐도 이유를 모르겠다고 했다. 의사가, 그것도 우리나라에서 제일 큰 병원의 의사가 "모르겠어요"라고 말하는 것은 정말 세상 가장 무서운 일이었다. 병원에서 아이의 상태를 지켜보며 피가 마르는 며칠을 보냈다. 다행히 그사이 더 이상의 경련은 없었고 눈도 원래대로 돌아왔다. 원인도 모른 채 '뇌졸중 의증'이라는 병명을 하나 더 달고 일단 다시 집으로 돌아왔다.

이식을 하고 나면 다른 아이들처럼 금방 일상생활을 할 거라고 기대했는데 은찬이는 그러지 못했다. 공여자의 조혈모세포가 자리 잡으면서 이식을 받은 사람의 몸을 공격하는 것을 이식편대숙주반응(GVHD)이라고 하는데, 아는 사람들끼리는 편하게 '숙주'라고 부르곤 했다. 공여자의 조혈모세포가 활동을 한다는 것이니 가벼운 숙주 반응은 오히려 반가운 일이었지만 은찬이는 여러 가지 숙주 반응을 골고루 겪느라 괴로워했다.

근육 숙주로 팔을 제대로 들지 못했고 위 숙주로 음식을 먹지 못했으며 피부 숙주 때문에 온 얼굴이 벌겋게 뒤집어졌다. 그 숙주를 잠재우려 먹기 시작한 스테로이드제 때문에 근육이 빠져 제대로 걷지 못했다. 다리 사진을 찍어보니 다리뼈 전체에 작은 구멍들이 가득했다. '골괴사'라고 했다.

못 걷는 아이를 휠체어에 태워 밀고 나가면 지나가

는 사람들 다리만 보였다. 이식을 받고 다시 태어난 지 100일 된 은찬이는 100일 된 아기처럼 걸음마부터 다시 시켜야 할 판인데, 허리가 바짝 굽은 여든 넘은 노인들도 잘만 걸어 다녔다. 백발이 성성한 노인들도 건강하게 잘 살고 있는데 열두 살 내 아들은 겨우겨우 생명을 연장하며 버티고 있는 이 현실에 화가 났다. 모든 것에 화가 나 진료실에서도 툴툴거렸다.

"여전히 밥을 잘 못 먹어요. 처방받은 운동을 해도 그다지 좋아지는 느낌은 아니에요." 불만을 늘어놓으면 교수님은 "말하는 게 많이 빨라졌네요. 배 속 소리도 좋아졌어요"라고 말씀하셨다. 항상 제자리인 것 같지만 사실은 천천히 좋아지고 있었다.

진료가 없는 날이 늘어나면서 집에 있을 때는 학교 수업을 온라인으로 듣고 해가 진 저녁이면 한 바퀴씩 동네를 걸었다. 크리스마스도 집에서 보냈다. 작년처럼, 재작년처럼 두 아이들은 크리스마스트리를 꾸몄고 그 옆에 무대를 만들어 작은 연주회를 했다. 요리를 도울 정도로 다 큰 두 녀석과 함께 그럴듯한 음식을 만들어 파티도 했다. 불안하지만 이 정도로 일상을 유지하기만 해도 괜찮았다. 이식 후 6개월 검진도 통과하며 조금씩 남들과 비슷한 일상으로 돌아오고 있었다.

그렇게 사소하고 평범한 일상에 행복을 느끼며 살던 2020년 2월. 아이의 병이 세 번째 재발했다.

그간 우리에게는 세 번째 재발을 해도 방법이 있다는 믿음이 있었기에 그다지 절망하지는 않았다. 2014년 처음 백혈병 진단 이후, 아이가 오랜 투병을 하는 동안 여러 나라에서 새로운 치료법이 개발되었다. 그 중 CAR-T(키메라 항원 수용체 T세포) 치료법은 은찬이처럼 여러 번 재발하여 더 이상 방법이 없는 아이들의 82퍼센트를 살린 놀라운 기술이었다. 자신의 혈액에서 T세포를 추출해 백혈병 세포를 공격하도록 조작해서 다시 주입하는 방법이기 때문에 일반적인 항암치료에 비해 후유증이 적고 효과도 장기적이었다.

2012년 첫 임상 치료를 받았던 일곱 살 아이는 2020년 열다섯 살이 된 지금까지도 재발 없이 건강하게 살고 있다고 했다. 논문을 읽고 저널을 찾아볼수록 은찬이에게 이만큼 좋은 방법이 없었다. 효과가 엄청난 만큼 이미 해외 여러 나라에서 '킴리아'라는 이름으로 사용되고 있었고 임상 실험도 여러 곳에서 진행하고 있었기에 만약 세 번째 재발을 하면 CAR-T 치료를 하면 된다고 당연하게 생각하고 있었다.

세포를 이용하는 치료 방법이다 보니 첨단재생바이오법이 시행되기 전까지 국내에서는 사용할 수 없었지만, 가깝고 치료비가 저렴한 중국에 가면 될 일이었다. 담당 교수님도 새로운 치료에 적극적인 분이셨기에 당연히 그럴 수 있을 줄 알았다. 그런데 갑자기 상황이 달라졌다. 코로나19 바이러스가 확산되면서

전 세계의 출입이 어려워졌다. 더군다나 그 시발점인 중국에 가거나 중국에서 한국으로 들어오는 것은 거의 불가능한 상황이 되어버렸다. 아이를 살릴 수 있는 약이 있는데 국내에서는 법적으로 사용할 수 없고, 해외에 나갈 수도 없다니 미칠 노릇이었다.

교수님은 코로나19가 언제 끝날지 모르는 일이라 마냥 기다리기도 어려우니 고용량 항암치료를 먼저 [illegible] 더 해보는 게 어떻겠냐고 권했지만, 지금 아이의 건강 상태로는 또 한 번의 이식을 이겨 내기 힘들 것 같았다. 은찬이의 상태를 누구보다 잘 아시기에 교수님도 더 이상 권하지 않았고 우리는 코로나19가 하루 빨리 지나가기를, 아니면 비행기라도 뜨기를 기다리기로 했다.

우리가 기다린다고 해서 병도 기다려주는 것은 아니기에 적당한 항암치료는 지속해야 했다. 항암 주사를 맞으며 입원해 있던 어느 날, 창밖에 내리는 눈을 바라보던 은찬이가 말했다. "엄마, 내가 자꾸 재발하고 힘들긴 했지만, 그래도 그동안 즐겁고 행복하게 잘 지낸 것 같아요. 특히 이 병원 와서 힘들어하는 다른 친구들 보며 많이 느꼈어요. 엄마, 나는 소아혈액종양내과 아니면 소아정신과 의사가 되고 싶어요. 나는 스테로이드제도 엄청 먹어봐서 그때 기분이 어떤지도 알고, 많이 아파봐서 아픈 아이들 마음도 잘 아니까 그쪽도 잘할 수 있을 것 같아요."

아이 얼굴만 보면 눈물이 쏟아졌다. 이 아이를 절대로 잃을 수 없었다. 어떻게든 방법을 찾겠다고 다짐하고 다짐했다.

끝이 보이지 않는 기다림

2020년 3월부터 2020년 8월까지

새벽 늦게까지 뒤척이다 겨우 잠들려던 순간, "코드레드, 코드레드. 146병동 혈액종양내과. 소아…" 하는 소리에 소스라치게 놀라서 깼다. 우리가 있는 방과 몇 발자국 떨어지지 않은 처치실에서 분주하게 움직이는 의료진 소리와 엄마의 울음소리가 뒤섞여 들려왔다. 소리가 잠잠해진 자리에는 어느 아이의 엄마가 반쯤 정신이 나간 채로 우두커니 서 있었다. 소아암 병동은 이런 곳이다.

병원을 옮긴 후, 우리는 몇몇 아이들과 친하게 지냈다. 하지만 아이들 대부분이 1년도 채 함께하지 못하고 떠났다. 그런 순간이 점점 감당하기 힘들어 언젠가부터 병원에 오면 사람을 피하게 됐다.

그러던 어느 날 우리가 기다리고 있는 CAR-T 치료를 한 아이가 입원했다는 소식을 듣고 무턱대고 그 엄마를 찾아갔다. 아무 약도 듣지 않던 자기 아이의 몸에 이제 어떤 암세포도 남아 있지 않다고 했다. 같은 치료를 받은 아이들도 모두 잘되었다며 내게 힘을 실어주었다. 같은 길을 앞서 간 사람에게 희망적인 이야기를 들으니 힘이 나고 든든해졌다. 우리의 판단이 틀리지 않았음을 확인하고 마음을 더 단단히 먹었다.

중국에 갔다가 돌아오는 방법, 우리나라에서 기다리는 방법. 모두 순탄하지 않겠지만 지금까지처럼 조금 더 힘내보자고 아이 손을 잡고 다짐하고 또 다짐했다. 아이의 소원처럼 꼭 어른이 되어 엄마 아빠랑 같이 살아달라고 속으로 애원하고 애원했다.

이식 후 망가진 몸이 회복되기도 전에 시작한 항암 치료는 예상대로 힘들었다. 한창 때에 비하면 1/50밖에 안 되는 양의 항암제를 썼을 뿐인데도 입안이 다 뒤집어지고 토하고 열이 오르내렸다. 절뚝거리고 걷는 것마저 힘들어하며 풀린 눈으로 멍하니 앉아 있는 아이를 보고 있자면 내가 이 녀석을 죽이고 있는 건가, 살리고 있는 건가 하는 딜레마에 빠지곤 했다.

정말 힘들 때도 울지 않던 아이가 자주 눈물을 보이니 한순간에 나도 무너져내릴 듯 고통스러웠다. 엄마는 아이에게 힘을 줘야 하는데 아이의 슬픈 눈을 보고 있으면 그냥 끌어안고 울어버리고 싶어졌다. 슬픔을 꾹 참고 "은찬아, 위인전 많이 읽어봤지? 그중에 평범하고 평탄하게 자란 사람이 있었어? 훌륭한 사람은 원래 고난이 많은 거래~ 넌 얼마나 훌륭한 사람이 되려고 이렇게 힘든 일들을 겪는 걸까? 지금 많이 힘든 거 알아. 그렇지만 조금만 더 힘내자~"라고 말하면 아이는 금세 눈물을 훔치며 "엄마, 나는 아플 때마다 엄마가 내 엄마여서 참 다행이라고 생각해요. 5년 넘게 아픈데 이렇게 잘해주는 엄마가 어디 있어요?"라며 예쁘게 화답해줬다.

기다림은 3개월째 계속되었다. 그사이 코로나19 확산세가 더 심해져 중국으로 가는 길은 완전히 봉쇄되었고 아이는 어쩔 수 없이 쭉 항암치료를 이어가고 있었다. 그 와중에 정기 척수검사에서 다시 이상세포가 발견되어 어떻게든 방법을 찾아야 할 것 같다는 교수님의 다급한 전화가 걸려왔다. 세상이 무너지는 느낌이었지만 마지막 구멍을 찾아야 했다. 남편과 중국에 갈 방법을 백방으로 알아봤다. 비자, 격리, 비행기, 현지 분위기. 알아볼수록 상황은 좋지 않았다. 비자조차 발급해주지 않은 지 오래였고 몇 대 없는 비행기도 이미 몇 달 후까지 예약이 가득 차 있었다.

뉴스를 보면 어떤 사람들은 나라의 도움으로 비행기를 구해 타고 들어오기도 하던데 우리는 당장 아이가 쓸 마스크조차 구하기 어려웠다. 남편은 하루 종일 여행사와 영사관, 국내와 중국 거의 모든 항공사에 전화를 했고 식약처며 제약회사며 생각나는 모든 곳에 닥치는 대로 전화를 돌렸지만 코로나19를 뚫고 나갈 뾰족한 수는 보이지 않았다.

간접적으로 많은 아이들의 끝을 경험해왔지만 그게 우리 일이 될 거라는 생각은 해본 적 없었는데 생각하지 않았던 두려움이 몰려왔다. 오열하고 싶어도 아이가 있어서 그럴 수 없었다. 참고 참으며 콧물만 훌쩍이다가 결국 셋이 목 놓아 울었다. 억울하고 슬퍼서 눈물이 멈추지 않았다. 게다가 내 머릿속에서는 이미 방법이 없는 상황이 현실이 되어 펼쳐지니 아이의 얼굴을 볼 수조차 없었는데, 은찬이는 딱 5분쯤 울고는 금세 툭툭 털어냈다. 기특하다 못해 항상 미안하고 감사한 아이였다.

뾰족한 방법이 없기에 센 항암치료를 하는 수밖에 없었다. 그 와중에도 은찬이는 체력을 기르겠다고 악착같이 병원 복도를 돌고 또 돌았다. 다행히 약물 반응이 좋아 암세포는 이내 사라졌다. 또 다른 문제가 있기는 했다. 숙주 반응 때문에 스테로이드제를 오래 먹다 보니 다시금 다리 근육이 빠져 걷지 못했지만 그간의 경험으로 약을 끊으면 다시 좋아지리라는 믿음이 있기에 괜찮았다.

집에서도 휠체어를 타야 할 만큼 다리에 힘이 없어졌지만 은찬이는 좌절하지 않았다. 아침이면 가장 먼저 일어나 조용히 휠체어를 밀고 나가 공부를 했고, 저녁을 먹고 나면 네 식구를 거실로 불러 모아 보드게임을 펼쳤다. 온 가족 다 같이 한두 시간씩 깔깔대며 게임을 하고 때때로 노래방 마이크로 고음의 록을 멋들어지게 부르니 우리 집에는 우울이 비집고 들어올 틈이 없었다.

어쩌면 더 버틸 수도 있겠다는 희망이 생길 때쯤 혹시 몰라 해본 검사에서 스테로이드제와 독한 항암 치료 때문에 심각한 골다공증이 생긴 것을 발견했다. 7, 80대 노인들보다도 심각한 정도라고 했다. 척추뼈 여러 개가 스스로 무너져 압박골절 되어 있었다. 노인의 경우에는 여러 가지 치료 방법을 생각해볼 수 있겠지만 아직 성장 중인 아이에게는 뾰족한 방법이 없는 듯했다.

하나하나 해결해가도 모자랄 판에 병명은 오히려 더 쌓여가고 있었다. 주 병인 '백혈병'만 해결하면 나머지는 천천히 해결될 일인데 치료 방법이 있음에도 무기력하게 기다리고만 있어야 한다는 사실이 나를 더 미치게 했다. 그러거나 말거나 하루하루를 평온하고 알차게 살아가고 있는 은찬이의 뒷모습을 보고 있는 것도 고문이었다.

엎친 데 덮친 격으로 아이를 1년 넘게 맡아주었던,

아이의 고비를 모두 알고 계시는 김혜리 교수님이 안식년에 들어가게 되었다. 병명이 너무나 많이 쌓여 언제 어떤 문제가 생길지 모르는 아이에 대해 속속들이 아는 사람이 병원에 없다는 것은 굉장한 위기감으로 다가왔다. 그런 엄마 마음을 아는지 모르는지 은찬이는 교수님이 행여 코로나19에 걸릴까 봐 그게 더 걱정이라고 했다. 이제 우리는 어떡하지.

2020년 8월 28일, 드디어 우리나라에서 첨단재생바이오법이 시행되면서 이제 법적으로는 국내에서도 CAR-T 치료를 할 수 있게 되었다. CAR-T를 개발 중인 국내 제약회사들도 임상 시험을 준비하기 시작했고 이미 외국에서 시판되고 있는 킴리아도 곧 국내 허가가 될 거라는 소식이 들려왔다. 임상이든, 킴리아든 허가될 때까지만 버티면 됐다. 물론 쉬운 일은 아니었다. 의학적으로는 급성림프백혈병의 경우 적절한 치료를 받지 못하면 6개월을 견디기 어렵다고 하는데, 은찬이는 세 번째 재발한 이후 이미 8개월이나 견뎌

낸 상황이라 한시가 급했다. 우리에게 또 한 번의 기적이 찾아올까?

힘들수록 강해지는
나의 아들

2020년 9월부터 2021년 2월까지

담당 교수님이 안식년에 들어가신 후, 다행히 작년 여름에 이식 방에 있을 때부터 은찬이를 많이 봐주셨던 강성한 교수님이 앞으로 아이를 봐주기로 했다. 은찬이가 유난히 따랐던 교수님이라 다행이었다. 강 교수님께 치료받기 시작한 지 한 달여 동안은 치료가 순탄하게 진행되었다. 숙주 반응들도 몰라보게 좋아졌고 두어 번의 고용량 항암치료를 잘 견디고 있었다.

늘 그랬듯 우리의 평화로운 시간은 오래가지 않았다. 또 아이의 눈에 문제가 생겼다. 눈이 뿌옇게 보이고 두통을 호소했는데 진통제도 듣지 않았다. 처음 겪는 일이 아니었기에 또 재발이라며 덤덤하게 짐을 챙겨 병원으로 향하는 경지에 이르렀다. 다른 때처럼 항암치료 몇 번 하면 곧 좋아져 퇴원할 수 있을 거라고 생각했다. 그런데 이번에는 다른 때와 조금 달랐다. 시간이 지나도 상태가 호전되지 않았다. 양쪽 눈이 계속 안 보이는 것은 그동안의 고통과는 차원이 다른 문제였다.

스테로이드제 때문에 근육이 빠져 제 발로 걷지 못해 화장실조차 엄마 없이 못 가는데 보는 것마저 안 되니 혼자 할 수 있는 일이 아무것도 없는 바보가 되어버렸다. 멍하니 앉아 있다가 밥이 나오면 어떤 게 밥인지 반찬인지도 모른 채 수저로 그릇들을 휘저으며 고개를 파묻고 먹었다. 좋아하던 공부도, 독서도, 보드게임도 아무것도 할 수 없어지니 뭘 해야 할지 몰라 가만히 앉아 있다가 하루가 갔다.

엄마랑 이야기하는 시간과 밥 먹는 시간이 유일한 재미라는 아이와 뭐라도 해보려고 태블릿을 쥐어주고 안 보이는 눈으로 엄마의 지시대로 게임 컨트롤키를 누르는 방식으로 게임을 했다. 뭐가 그리 재미있는지 깔깔대는 아이에게 물었다. "근데 보이지도 않는데 재밌어?" "그냥 엄마랑 뭘 한다는 게 재밌어요"라고 말하며 씨익 웃는 아이를 보고 있자니 울컥 화가 치밀었다. 아니, 이 예쁜 아이를 도대체 왜 자꾸…!! 더 이상은 이 어린아이가 견디기 힘든 고난이었다. 죄가 있다면 어른인 내가 벌을 받아야 하는 게 아닌가! 왜 저 착하고 예쁜 아이에게 이런 고난이 계속되는지 이해할 수 없어 피가 거꾸로 솟았다.

이 정도 상황이 되면 어른들도 다 놓아버리고 싶을 텐데 은찬이는 어떻게든 살아보려 애썼다. 거의 안 보이는 눈으로도 태블릿으로 영어 공부를 했고, 가만히 눈을 감고 공부했던 것들을 떠올리기도 했다. 어떤 날은 "엄마, 내가 눈이 잘 안 보이니까 가수도 하고 싶어져요" 하며 작은 키보드로 눈을 감고 피아노 연주를 했다. 상황이 안 좋아질수록 은찬이는 더 단단해지고 있었다.

CT 검사 결과, 뇌 뒤쪽에 안 보이던 병변이 생긴 것을 확인했다. 치료 방향을 잡으려면 뇌 조직검사로 병변이 무엇인지 확인해야 한다고 했다. 평소 치료에 대해 아이에게 잘 설명하고 이해시켜주는 편이었지만 아이의 몸이 만신창이가 된 지금, 치료를 위해 무엇을 더 해야 한다는 말을 하는 것 자체가 죄스러웠다. 게다가 뇌수술이라니… 이럴 때면 차라리 아이가 말귀를 못 알아듣는 철부지라면 얼마나 좋을까 하는 생각을 백 번쯤 했다.

은찬이는 내가 말하기도 전에 선생님들의 말을 듣고 이미 뇌수술을 해야 한다는 것을 알고 있었다. 무서워서 울고불고해도 모자랄 판에 아이는 덤덤했다. 의료진의 배려로 수술실까지 가는 길을 함께했다. 처음 느껴보는 수술실의 차가운 공기와 적막감에 어른인 나조차 위축되어 물었다. "매번 이런 곳을 지나 수술을 하러 갔었구나. 엄마도 무서운데 넌 혼자 무섭지 않았어?" "무섭죠~ 그냥 참는 거예요. 해야 하는 거니까…." 언젠가부터 기특하고 대견한 것을 넘어서서 그저 존경스러운 아들이었다.

뇌 조직검사 결과, 6년 전 처음 진단받았을 때와 똑같은 종류의 백혈병 세포로 보인다고 했다. 오래 치료받다 보면 다른 종류의 백혈병으로 변이되거나 2차 암이 생기기도 한다기에 차라리 그런 상황이길 바랐다. 그러면 그동안 안 써본 다른 약을 써볼 여지라도 있으니까. 하지만 이전과 똑같은 것이 머릿속까지 자리를 잡았다는 것은 6년 동안 많은 것을 해본 우리에게 남은 옵션이 별로 없다는 뜻이었다.

그사이 신약이 몇 가지 나오기는 했지만 은찬이의 경우 블린사이토 한 가지밖에 맞지 않았다. 뇌 전이에 가장 많이 쓰는 방사선치료도 이미 수차례 많은 용량을 사용했기 때문에 더는 쓸 수가 없었다. 대신 효과가 어떨지는 몰라도 감마나이프 시술을 해볼 수는 있다고 했다. 뭔가 해볼 것이 있다는 것은 듣던 중 다행이었다. 한시가 급하니 블린사이토와 감마나이프를 같이 해보기로 결정했다.

다른 방법이 없으니 무조건 시켜만 달라고 했지만 감마나이프도 쉬운 것이 아니었다. 은찬이는 이미 마약성 진통제로도 조절이 안 될 만큼 극심한 두통에 시달리고 있었는데 그 머리에 금속 틀을 박고 5일 연속으로 감마나이프 시술을 진행해야 했다. 은찬이에게 설명 대신 "은찬아, 미안해. 좀 아플 건데 이걸 꼭 해야 한대" 하며 감마나이프실로 데려갔다. 잠시 후 아이는 시술 준비를 하러 들어갔다. 간호사는 공구들이 즐비한 준비실에 아이를 데리고 들어가며 어머님이 보시면 충격이 클 테니 멀리 가 있으라고 했다.

잠시 후, 아이의 비명 소리가 들렸다. 꽤 멀리 떨어져 있었지만 또렷하게 들릴 만큼 아이는 고통스럽게 소리를 질렀다. "미안해. 미안해. 미안해." 한없이 미안하다고 중얼거리며 눈물을 흘리는 것 말고는 할 수 있는 것이 없는 못난 어미라서 그저 미안할 뿐이었다. 은찬이는 상상도 할 수 없는 고통 속에 결국 섬망이 와서 헛소리를 하는 지경에 이르렀다. 마치 다른 세상에 있는 듯 중얼거리며 허공에 두 손을 휘젓거나 동생과 게임을 하는 상상을 하며 낄낄거렸다. 5일 내내 머리에 틀을 쓰고 고통스러워하는 아이를 보고 있는 것은 나에게도 굉장한 고통이었다.

사실 그간 긴 병원 생활을 하며 뇌 전이가 된 후 살아서 집으로 돌아간 아이를 본 적이 없었다. 그래서 만약 방법이 없다면 아이를 그만 괴롭히고 집에 데려가고 싶었다. 오랜만에 아빠를 만나고도 알아보지도 못한 채 끙끙 신음 소리만 내며 고통스러워하는 모습을 본 남편은 "그만하자. 나가서 바다도 보고 은찬이가 좋아하는 집에 데려가자" 하며 펑펑 울었다. 그만큼 아이의 모습이 처참했지만 마지막 희망인 킴리아가 아직 남아 있으니 그때까지는 미안하지만 어떻게든 버티게 해야만 했다. 아이에게 미안해서 매일 울고 다녔다. 아이의 눈이 잘 보이고 정신이 또렷했다면 꾹꾹 참았을 눈물이지만 이제 그러지 않아도 되었다.

전자레인지를 돌린다는 핑계로 배선실에서 창밖 올림픽대교를 바라보며 눈물을 뚝뚝 흘리는 게 일상이었다. 차가 꽉 막힌 올림픽대로 위를 지나는 수많은 사람들도 저마다 힘든 일이 있을 텐데 나는 그 사람들이 부러웠다. 왜 우리는 저 사람들과 같은 평범한 걱정 대신 하루하루 생사를 오가는 삶을 견뎌야 하는 것인지 하늘이 원망스러웠다.

다행히 시술 후 눈이 조금이나마 좋아져 형태 정도

는 볼 수 있게 되었다. 다만 아이는 육체적으로나 정신적으로 너무나 힘들어했다. 여러 통증으로 24시간 마약성 진통제를 써야 했고 하루하루 약기운으로 겨우 버텼다. "내가 나중에 어른이 되고 의사가 되어도 엄마 아빠랑 평생 같이 살게 해줄 거죠?" 자신감 넘치던 아이의 레퍼토리는 "내가 눈도 안 보이고 커서 돈도 못 벌어도 엄마 아빠랑 평생 같이 살게 해줄 거예요?"로 바뀌었다.

그럼에도 기적은 또다시 일어났다. 감마나이프 시술 이후 머릿속의 암세포가 드라마틱하게 줄어들면서 68일 만에 꿈에 그리던 집에 갈 수 있게 되었다. 은찬이는 "아~ 얼마 만에 내 침대에서 자는 거야~" 하며 자기 침대에 누워 이불을 폭 덮고 잘 수 있다는 사실만으로도 행복해했다. 때때로 입원과 퇴원을 반복하긴 했지만 의사 선생님조차 "이 정도면 성경에 나올 법한 일이에요!"라고 할 만큼 놀라운 회복력을 보여주며 새해를 넘겨서까지도 컨디션을 유지하고 잘 견

더줬다.

머릿속의 병변은 거의 없어졌고 진통제도 모두 끊었다. 집에 있는 날이면 짬짬이 재활 운동을 했고, 눈이 완벽하게 돌아오지는 않았지만 글씨 연습을 한다거나 귀로 들으며 공부까지 조금씩 할 수 있을 정도로 좋아졌다. 내가 문제집 속 문제를 읽어주면 아이가 맞히면서 함께 깔깔대는 일상으로 한발 다가갔다.

하지만 반복되는 항암치료는 몸에 무리를 주고 있었다. 보통 많아야 2, 30회 정도 진행하는 척수 항암치료를 80회를 넘긴 지 오래였고 고용량 항암치료조차 여러 번 하다 보니 회복이 더뎌지기 시작했다. 쓸 수 있는 약도 점점 줄어들었다. 아이에게 남은 시간이 별로 없다는 뜻이었다.

한시가 급한데 어떠한 일도 빨리 진행되지 않았다. 급한 마음에 남편은 걸핏하면 제약회사나 식약처 등에 연락을 해보았지만 진전이 없었다. 임상 시험들은 여러 번 반려가 되었고 2021년 초에는 허가가 될 거라던 킴리아는 소식도 들리지 않았다. 답답한 마음에 임상 시험 허가를 해달라는 청원도 진행해보고, 여러 언론사에 제보도 해봤지만 아무도 들어주지 않았고 기사 한번 실어주지 않았다. 아이는 죽어가는데 아무도 도와주지 않는 상황에 미칠 지경이었다.

허가가 떨어져도 쓸 수 없는 약

2021년 3월부터 2021년 5월까지

2021년 3월 5일, 드디어 기다리던 킴리아의 사용이 허가되었다. 허가만 되면 뭔가 쭉쭉 진행될 줄 알았는데 한 달이 지나도록 약을 사용할 수가 없었다. 세포치료제이다 보니 병원에서 세포를 채취할 수 있도록 세포 취급 허가를 받아야 하는데 이에 관한 승인들이 계속 늦어졌다. 승인만 떨어지면 바로 치료를 진행하기로 한 병원은 승인이 여러 번 반려되어 언제 할 수 있게 될지 알 수 없다고 했다.

국내에서 유일하게 승인을 받은 다른 병원에서는 약값이 정해지지 않아 사용할 수 없다고 했다. 입원료에 치료비까지 더하면 5억 원에 달하는 초고가의 약이다 보니 약값을 정하기가 쉽지 않다는 사정은 알지만. 당장 아이는 죽을힘으로 버텨내고 있는데 대체 뭘 그렇게 협의하고 허가할 게 많은지 답답하기 짝이 없었다. 이 약이 필요한 생명들이 얼마나 위급한 상황인지 아무도 모른다고밖에 생각되지 않아 말로는 다 표현할 수 없을 분노를 느끼는 동시에, 내 힘으로는 아무것도 할 수 없다는 무력감에 시달렸다. 그나마 아이가 계속 힘을 내주고 있어 버틸 수 있었다.

집에 있는 동안 조금씩 재활 운동을 하려고 애썼고 안 보이는 눈과 떨리는 손으로 글씨 연습을 했다. 아빠 퇴근 시간을 기다렸다가 함께 저녁 식사를 하고 네 식구 모이는 시간이 되면 아이는 어김없이 게임을 하자고 졸랐다. 항상 하던 보드게임들은 눈이 안 보이면서 하지 못하게 되어 눈이 안 보여도 할 수 있는 윷놀이나 소리를 듣고 하는 사운드 게임을 찾아 했다. 기운이 없어 힘겹게 윷을 던지고 말판조차 제대로 볼 수 없으면서도 아이는 껄껄 웃으며 게임을 즐겼다.

그렇게 지내던 4월 어느 날, 열이 나서 응급실을 통해 입원했다. MRI 결과가 안 좋다고 했다. 한 달 전쯤 CT를 찍었을 때도 이상이 없었고 오히려 좋아지고 있었던 터라 안심하고 있었는데 그사이 머리에 작지 않은 덩어리가 두 개나 생겼다. 두려움이 몰려왔다.

킴리아는 자기 세포를 채취해서 한 달 동안 배양해 만들어야 하다 보니 아이의 컨디션만 고려해도 시간이 촉박했다. 그런데 여전히 국내 어느 병원에서 가장 먼저 할 수 있게 될지, 아이의 상태를 보고도 기꺼이 그 병원에서 받아줄지, 세포를 채취하고 약이 만들어지는 한 달 동안 아이가 잘 버텨줄지조차 알 수 없는 상황이었다. 무서웠다.

그동안처럼 항암치료를 하면서 기다릴 수 있는 것도 아니었다. 건강한 세포를 채취하기 위해서는 항암치료나 스테로이드제 사용을 중단해야 했다. 약을 언제 사용할 수 있을지도 모르는 상황에서 항암치료를 중단하는 것은 매우 무모한 선택이었지만 어쩔 수 없었다. 아이를 살릴 수 있는 유일한 방법이다 보니 모든 것을 하늘에 맡기고 기다리는 수밖에.

다행히 오래 지나지 않아 곧 약을 쓸 수 있을 것 같다는 소식이 들렸다. 확실한 것은 아니지만 5월 첫 주면 국내 병원 두 곳 중 한 곳에서 치료가 가능할 것 같다고 했다. 하지만 그때까지 머릿속에서 자라나는 악성세포들을 멈추게 할 방법이 필요했다. 생각나는 것은 지난번에 효과가 좋았던 감마나이프 시술뿐이었다. 신경외과 교수님을 잡고 울며 매달렸다. "그동안 많이 도와주신 거 아는데 한 번만 더 도와주세요. 은찬이 다음 달에 전원을 해야 하는데 시간이 얼마 없어요."

교수님은 특유의 “아이고~” 하는 한숨을 내쉬고는 말씀하셨다. “합시다. 다음 주로 잡아봅시다. 틀을 써야 해서 또 힘들겠지만 해봐야지 어쩌겠어요.” 그 순간, 살 수 있겠다는 안도감에 온몸에 힘이 풀리면서 부들부들 떨렸다. 그다음 주, 아이는 또 그 무지막지한 틀을 쓰고 감마나이프 시술을 했다. 네 시간이나 해야 하는 아프고 긴 시술이었지만 그저 감사할 뿐이었다. 이 시술로 한 달만 버텨주기를 기도하고 또 기도했다.

믿고 기다리던 5월이 되었지만 어디에서도 치료는 가능하지 않았다. 그동안 아이는 머리가 점점 더 아파져 마약성 진통제를 늘려갔고 결국 골수 재발까지 되고 말았다. 내 아이는 하루하루 죽어가는데 여전히 아무도 서두르지 않았다. 내 새끼 아직 죽지 않았는데… 살아 있는데… 살릴 수 있는데!

당사자와 의료진들만 하루하루 피 마르는 심정으

로 동동거릴 뿐, 약을 승인하고 허가하여 사용할 수 있게 해주는 그 누구도 달라진 게 없었다. 직접적인 도움을 줄 수 있을 것 같았던 제약회사에서도 도와줄 수 있는 것이 없다고 했다. 온 직원들이 내 블로그를 보며 응원하고 있다며 힘내라고 '말로' 위로해주었다.

"엄마, 킴리아 승인이 되었다면서 왜 아직도 못 써요?"라고 묻는 아이에게 아무 말도 해줄 수 없었다. '엄마 아빠가 아무 힘이 없어서 미안해.' 그 생각뿐이었다. 끝없는 기다림에 너무 고통스러워 보이는 아이에게 물었다. "은찬아, 너무 힘들면 우리 그만하고 집에 갈까?" 무슨 뜻인지 이해했는지는 모르겠지만 은찬이는 크게 고개를 저으며 대답했다. "아니요. 끝까지 할 거예요."

점점 상태가 안 좋아지긴 했지만 어린이날이었던 5월 5일까지만 해도 말도 하고 동생이랑 통화도 했다. "어린이날인데 심심하지? 오빠가 집에 가면 많이 놀아줄게." 다 죽어가면서도 동생 앞에서는 씩씩한 척 목에 힘을 주어 약속했다. 나에게는 "엄마, 저는 엄마한테 너무 고마워서 다 나으면 제가 할 수 있는 모든 것을 엄마한테 해줄 거예요" 하며 손가락 걸고 약속도 했다.

그런데 다음 날부터 컨디션이 급격히 떨어지며 말수도 줄고 줄곧 잠만 잤다. 이제 정말 방법이 없는 것인지 좌절하려는 그 순간, 다른 병원에서 곧 세포 채취가 가능할 것 같으니 바로 전원을 오라는 연락이 왔다. 깜깜한 터널 안에 길을 잃고 서 있는데 멀리서 한 줄기 빛이 보이는 듯했다.

엉엉 울며 무슨 정신으로 짐을 싸고 구급차를 탔는지도 모르겠다. 담당 교수님은 달려와 손을 잡고 말없이 연신 고개를 크게 끄덕이셨고, 아이를 예뻐하셨던 간호사 선생님들은 병원 입구까지 따라 나와 눈물을 훔치셨다. 기쁨의 눈물이고 희망의 눈물이었다. "잘

갔다 올게요. 잘하고 올게요." 꼭 다시 돌아오겠다고
은찬이 대신 약속하고 약속했다.

약값 5억을 위해 집을 팔다

2021년 5월

세포 채취를 위해 병원을 옮긴 다음 날. 새로운 병원에서 아이를 맡아주기로 한 유 교수님을 처음 뵈었다. 아이의 상태가 생각보다 안 좋아 당황스럽지만, 어쨌든 최선을 다해보자고 하셨다. 빠르게 각종 검사를 하는 동안 아이의 상태는 빠르게 안 좋아졌다. 이대로라면 치료를 못 할 수도 있을 것 같아 무서웠다.

아이가 의식이 없으니 콧줄을 끼워 약과 음식을 먹

이자고 권했지만 그러면 아이의 상태가 안 좋다는 것을 증명하는 꼴이 되는 것 같았다. 한번 끼면 다시는 못 뺄 것 같은 불길한 예감도 들었다. "아니에요. 어제까지도 약 잘 먹었는걸요. 이러다가도 약 먹자고 깨우면 또 먹어요. 제가 잘 해볼게요. 조금만 기다려주세요." 아이를 흔들어 깨워봤지만 온몸에는 이미 힘이 없었고 스스로 약을 삼키기는커녕 눈도 제대로 뜨지 못하는 아이는 아프다는 말조차 하지 못한 채 끙끙 신음 소리만 낼 뿐이었다. 그런 아이를 끌어안고 제발 눈 떠달라고, 다 왔는데 치료는 받아야 할 것 아니냐고 소리치며 의식 없는 아이의 입에 약을 억지로 털어 넣었지만 아이는 결국 약을 삼키지 못했다. 결국 콧줄이 끼워졌다.

새벽에는 갑작스럽게 산소포화도마저 떨어지는 응급 상황까지 왔다. 교수님은 머릿속에 악성세포가 퍼지며 나타나는 반응 같으니 당장 고용량 항암치료를 해야 한다고 했다. 전원을 하자마자 바로 킴리아 제조에 필요한 세포 채취를 하려고 일부러 항암제도 다 끊고 왔는데 며칠을 남겨놓고 다시 항암치료를 하자니, 말도 안 되는 상황이었다. 다시 항암치료를 시작하게 되면 회복 기간까지 한 달은 족히 걸릴 텐데 그 사이 또 무슨 일이 생길지 알 수 없었다.

세포 채취를 해놓고 항암치료를 하면 안 되겠냐고 우겨봤지만 제약회사에서 보내주는 전용 팩에 세포를 담아야 하는데 그 팩이 아직 미국에서 오고 있는 중이라 그때까지 기다릴 수 없다고 했다. 왜 다른 팩에 담으면 안 되는 것인지, 왜 약이 허가되고 두 달이나 지났는데 아직도 그 팩이 준비되어 있지 않은지 아무것도 이해할 수 없었지만 아이의 상태가 급속도로 나빠지고 있었기 때문에 더 이상 지체할 시간이 없었다.

항암치료를 중환자실에서 해야 할 정도로 급박한 상황이라 일단 아이를 중환자실에 보내기로 했다. 중환자실에 보낼 때마다 엄마 껌딱지인 아들이 엄마랑 떨어져 힘들어해 걱정되었는데 이번에는 엄마를 찾을 의식마저 없으니 그런 걱정은 안 해도 되었다.

코로나19로 면회마저 자유롭지 않았다. 병원에서 연락을 줄 때까지 집에서 기다리고 있으라고 했다. 다음 날 오전, 병원에서 전화가 왔다. 아이 호흡이 많이 불안정하여 더 안 좋아지면 기도삽관을 해야 하는데 만약 그런 상황이 오면 어떻게 할지 미리 결정을 해달라고 했다. 기도삽관은 오래 유지할 수 있는 것이 아니라서 시간이 지나면 기관 절개를 해야 하고, 그 상태로 억지로 연명치료를 하다가 결국에는 중환자실에서 폐렴으로 떠나게 되는 다른 아이들의 과정을 여러 번 봤기에 그러고 싶지는 않았다.

남편과 잠시 정말 많이 울며 그간 너무 고생한 아이를 더는 고생시키지 말자고, 만약 그런 상황이 오면 삽관은 하지 않기로 했다. 어떤 상황인지 아는지 모르는지 가만히 지켜보던 딸이 몇 시간 후 입을 열었다.

"아빠, 오빠 포기하지 마요." 우리가 포기하는 게 아닌데, 이 상황을 열두 살 딸에게 어떻게 설명해야 이해할 수 있을지 한참 고민하다가 말했다. "오빠가 지금 너무 많이 아프고 힘들거든. 만약에 더 이상 견디기 어려워지면 더 힘들지 않게 보내줘야 할 수도 있어. 그걸 미리 얘기한 거지, 엄마 아빠는 오빠를 절대 포기하지 않아."

남편은 면회 한 번만 하면 안 되겠냐고 사정했고 특별 면회는 허락받아 아이를 보러 들어갈 수 있었다. 아이는 처참했다. 코에는 엄청난 크기의 호흡기와 콧줄이 끼워져 있었고 열 때문에 옷도 다 벗긴 채 차가운 얼음 매트 위에 눕혀 있었다. 팔 여기저기는 파랗다 못해 검정색으로 보일 만큼 시커먼 멍투성이에 혈소판이 낮아 잇몸에서는 피가 계속 흐르고 있었다. 의식이 없으니 엄마가 만지고 주무르고 말을 걸어봐도 미동조차 없었다. "엄마, 엄마" 부르며 울면 이런저런 얘기라도 해줄 텐데… 하고 싶었던 말들은 하지도 못한 채 "엄마가 미안해, 미안해"만 반복하다가 나왔다. 고생시켜서 미안해. 그런데도 힘내라고 해야 해서 미안해. 그만 힘내고 가라고 못 해줘서 미안해.

4일간의 항암치료가 끝났지만 아이의 상태에는 변화가 없었다. 몸의 움직임은커녕 동공 변화조차 없다고 했다. 회복의 여지가 없어 보인다는 말을 여러 번 들었지만 그나마 호흡은 안정되어가니 일반 병실로 옮기기로 했다. 아마도 마지막을 함께하라는 의미 같았다. 일반 병실로 옮기기 전, 중환자실에 있는 아이를 한번 보려고 들어가서 아이의 귀에 "은찬아, 엄마 왔어"라고 속삭였는데 은찬이가 갑자기 "엄마~" 부르며 눈을 번쩍 떴다. 분명 의식이 없댔는데! 은찬이는 눈도 떠보려 하고 힘겹지만 몸도 움직이려 애썼다. 내가 잡았던 손을 놓자 팔을 들어 내 손을 잡으려는 몸짓도 했다. 역시 너도 살고 싶구나. 살려고 힘내고 있었구나.

며칠 내내 아무래도 의식 회복은 힘들 것 같다던 레지던트는 놀란 토끼 눈을 하고 연신 뒤통수를 긁으며 당황스러움을 감추지 못했다. "뇌는 원래 한번 망가지면 회복이 안 되는 건데…." 그렇게 일반 병실로 옮긴 아이는 하루하루 엄청난 속도로 회복을 했다. 눈을 뜨려고 끔뻑거리고 있는 아이가 너무나 기특해서 "아들, 사랑해"라고 말하자 힘겹게 입술을 모아 쪽 뽀뽀를 해주었다. 의식 없는 아이 옆에서 나는 무엇을 해야 할까 생각하며 온 병원인데 아이는 내 앞에서 살아 숨 쉬며 힘겹지만 여전히 예쁜 짓을 하고 있었다.

아이는 일주일 만에 말을 하기 시작하더니 열흘쯤 되었을 때는 "유 교수님, CAR-T 치료할 수 있게 해주셔서 감사합니다"라고 인사할 정도로 좋아졌다. 병동 담당이라 자주 뵈었던 주희영 교수님과는 허허 웃으며 긴 대화를 나누기도 했다. 전에 있던 병원에서 아이를 봐주던 교수님들께 들어 은찬이가 어떤 아이인지 잘 알고 계셨다. 특히 '급성림프백혈병 중추신경계 반복 재발 환아 차은찬'이 아닌 '원어민 수준으로 영어를 잘하고 공부를 좋아하는, 의사가 꿈인 아이'로 알고 계셔서 아이와 말이 잘 통했다. 나중에 주 교수님은 "사실 어머님이 왜 이렇게까지 하실까 하는 생각도 했었는데 은찬이와 대화 나눠보니 왜 그러는지 알겠어요. 너무 예쁘고 아까운 아이네요"라고 말씀하셨다. 정말 수없이 들은 말이다. 아까운 아이.

은찬이는 나와도 웃으며 많은 대화를 했다. 동생 이야기를 할 때면 특유의 웃음소리로 껄껄 웃기도 했다. "아우 걔는 왜 그러는지 모르겠어요. 내가 붙어서 봐줘야 하는데 나만 없으면 그런다니까요. CAR-T 끝나고 집에 가면 많이 놀아줘야겠어요"라고 다짐을 하는 멋진 오빠로 돌아왔다. 끝말잇기를 끝없이 했고 틈만 나면 재활 운동을 하며 기운이 날 때는 노래를 흥얼거렸다. 정신이 그렇게 맑을 수가 없었다. 이번에야말로 진정한 기적이었다. 이대로 회복하기만 하면 6월 첫 주에 그렇게 기다리던 약을 쓸 수 있을 것이다.

세포 채집 날짜도 잡아두고 그날이 오기만을 하루하루 손꼽아 기다렸다.

그사이 집에서는 병원비 마련으로 분주했다. 그때까지도 정확한 약값이 정해지지 않았고 5억 원 정도로 생각해야 한다고만 들었다. 신약은 건강보험 적용까지 일반적으로 1년 이상 시간이 걸린다는 것을 알고는 있었지만, 워낙 고가의 약이다 보니 일본처럼 약의 사용 허가와 함께 건강보험 적용도 될 수 있지 않을까 잠시 기대해보기는 했었다. 하지만 그런 일은 일어나지 않았다.

그렇다면 사회복지적 지원이나 제약회사의 도움을 어느 정도는 받을 수 있지 않을까 하는 생각에 병원을 옮기자마자 사회복지과를 찾았지만 사회복지적 지원은 재산 상황에 따라 해주는데 자산이 3억 5천만 원 이상이 되면 받을 수 없다고 했다. 약값이 5억 원인데 자산이 3억 5천만 원 이상이면 아무런 지원도 받을 수 없다니. 이 역시도 이해할 수 없는 상황이었지만 불평하거나 이의 제기를 할 시간조차 없었다. 어떻게든 빨리 돈을 구해야 했다.

고가의 약을 쓸 때 병원비를 대출 받을 수 있는 제도가 있지 않을까 하는 순진한 생각은 은행에 들어서자마자 사라졌다. 병원비 대출은커녕 경기도에 집 한 채가 있다는 이유로 집값과 상관없이 주택담보대출이 1억 원밖에 안 되었다. 오히려 새 집을 구할 때 대출이 더 잘 나오는 실정이었다. 부동산 규제로 어쩔 수 없다고 했다. 제2금융권, 제3금융권까지 돌아봤지만 어디에서도 그렇게 큰돈을 빌릴 수 없었다. 우리에게는 주택담보 따위는 없는 거나 마찬가지였고 신용대출 또한 소액만 가능했다. 결국 집을 파는 것밖에는 방법이 없었다.

은찬이가 참 좋아하던 우리 집을 급매로 내놓고 어렵게 작은 월세 방을 구했다. 아이의 휠체어가 들어갈 수 있을지도 의문일 정도로 작은 집이었지만 그 집이라도 구할 수 있어 다행이라며, 여름이면 킴리아를 마치고 퇴원하여 네 식구 옹기종기 모여 살 생각에 우리는 행복해했다.

사랑하는 나의 아들, 이제 안녕

2021년 6월

세포 채집을 하려고 했던 6월 9일 새벽. 혈액검사 결과가 나올 즈음 갑자기 여러 의료진들이 다급하게 몰려왔다. 여러 번 아이 상태를 체크하고는 산증이 심하다며 산소를 올렸다 내렸다 난리였다. 산증이 뭔지, 갑자기 무슨 일인지 파악도 하기 전에 의료진은 점점 늘어났다. 급히 중환자실에서 산소 양압기까지 빌려와 아이의 입에 물리려고 하였으나 순식간에 산소포화도가 후드득 떨어지면서 양압기도 물려지지 않았다. 자발 호흡이 안 된다고 했다. 방금 전까지 자는 듯 누워 있던 아이인데 도대체 무슨 상황인지 알 수가 없었다.

산소호흡기를 쓰고 있긴 하지만 내 눈앞에서 아직 숨 쉬고 있는데 호흡이 안 된다는 것이 무슨 말인지 도통 이해 가지 않았지만 알아들어야만 했다. 은찬이는 급히 열 명 가까운 의료진에 의해 처치실로 옮겨졌다. "이 상태로는 얼마 버티지 못할 테고 인공호흡기를 달아볼 수는 있지만 회생이 불가합니다. 그래도 강제로 인공호흡기를 물려 중환자실에 보내겠습니까?" 또 물었다. 딱 한 달 전 중환자실에서 들었던 질문이었다. "아니요. 안 할래요. 이제 방법이 없잖아요." 그러자 갑자기 분위기가 싸해지며 아이에게 붙어 있던 의료진들이 하나둘 사라졌다.

CAR-T가 마지막 방법이었다. 척수 항암치료 불가, 이식 불가, 고용량 항암치료 불가. 이 상황에서 방법이라고는 CAR-T뿐이었다. 5억 내고 약 만드는 동안 몸 상태가 더 안 좋아져 주입을 못 해도 좋으니 제발 세포 채집만이라도 하게 해달라고 주 교수님께 울고불며 매달려서 얻은 마지막 기회였다. 회복이 덜 되어서 백혈구 수도 부족해 여러 번 뽑아야 할 수도, 심지어 피를 뽑다가 잘못될 수도 있는 컨디션이었다. 그 때문에 유 교수님은 반대하셨고, 주 교수님이 고집을 부려 얻은 기회였다. 그래서 세포를 뽑을 수 없어져 버린 지금 이 상황은 나에게 "이제 그만할 때야" 하는 하늘의 목소리로 들릴 뿐이었다.

집에서 아무것도 모른 채 새벽부터 일어나 병원에 가져올 도시락을 싸고 있던 남편에게 둘째랑 바로 병원으로 오라고 연락하고 기다리는 사이 주 교수님이 오셨다. 여러 말이 오갔지만 내가 했던 말만 기억난다. "만약에 아이를 보내야 한다면 아프지 않게 보내주고 싶었는데, 지금 아프지 않아 보여요." 교수님도 말없이 끄덕이셨다.

예상 못 했던 상황이라 아이와 인사를 못 하는 게 큰 슬픔이었지만 굳이 아이를 깨워 고통스러운 상태로 만들어 인사하고 싶지는 않았다. 그게 그동안 고생한 아이에게 해줄 수 있는 마지막 배려라고 생각했다. 아이는 작년부터 몸이 심하게 안 좋을 때마다 고백 아닌 고백을 했다. "엄마는 정말 좋은 엄마예요. 엄마가 내 엄마여서 다행이에요. 고마워요. 사랑해요." 그때마다 나도 인사 아닌 인사들을 급하게 던졌었다. "은찬이도 최고의 아들이야. 엄마도 은찬이 엄마라서 행복해. 엄마 아들로 태어나줘서 고마워." 그래서 우리는 굳이 지금 인사를 다시 하지 않아도 괜찮았다.

잠시 후 남편과 둘째가 도착했다. 상황을 누구보다 잘 이해하고 있는 남편도 곧 연명치료거부동의서에 사인을 했다. 그러고도 수시로 주 교수님을 찾아가 정말 방법이 없겠냐고 졸랐지만 원하는 답은 듣지 못하고 오는 듯했다.

소아암 병동에는 이별을 할 수 있는 공간이 따로 없다. 보통은 중환자실이나 1인실에서, 운이 나쁘면 처치실에서 보낼 수도 있다. 보통 그렇듯 병실은 꽉 차 있었고 그래서 몇 시간이나 처치실에 있다가 어렵게 마련한 2인실로 자리를 옮겼다. 옆자리는 비워주었다. 의식은 없어도 어쩌면 다 보고 듣고 있을 수도 있지 않을까 하는 마음에 아이의 손을 꼭 잡고 팔다리며 얼굴을 열심히 만졌다.

사랑한다고 미안하고 고맙다고 수없이 말하며 애써 침착하게 휴대폰에 있던 동영상들을 틀어 귓가에 들려주었다. 아이의 바이올린 연주와 우리 가족 목소리가 담긴 동영상들을 차례차례 모두 듣고, 아이가 좋아하는 음악들을 틀어놓았다. 어릴 때부터 잘 때마다 자장가처럼 듣던 이루마의 잔잔한 피아노곡들이 이 상황에 잘 어울렸다.

혈압과 산소포화도 등 여러 가지를 계속 체크하고

있었는데 생각보다 오래 같은 상태를 유지했다. 임종까지 짧게는 몇 시간, 길게는 하루 이상 걸릴 거라고 했다. 그러면서도 주 교수님도 혹시 모를 기적을 바라시는지 가끔씩 와서 아이가 움직이거나 동공 변화가 있지는 않았는지 물었다. 뇌 문제라는 게 거의 확실할 만큼 눈꺼풀을 들어 올릴 때마다 터질 듯 벌겋게 부어오른 눈동자가 보기 힘들 지경이었다. 아이가 힘들지 않았으면 하는 마음에 "은찬아 이제 그만 가. 안 아픈 데로 가. 어디 안 보내고 집으로 데려갈 거니까 걱정하지 말고 가"라고 여러 번 말했지만 못 듣는지 반응이 없었고 생각보다 시간이 길어졌다.

그 와중에 둘째 녀석 밥은 먹여야 하고 코로나19 때문에 병실 밖으로 나갈 수 있는 건 나뿐이어서 마지못해 지하 매점에 내려갔다. 오늘내일이면 내 새끼가 죽는데 나는 그 와중에도 먹을 것과 커피를 사고 있다니… 현실이 현실처럼 느껴지지가 않았다. 새끼 강아지 한 마리 죽는 것도 본 적이 없는데, 태어나서 처음

보는 임종이 내 새끼 임종이라니. 어이없어 웃음이 날 지경이었다. 남편의 강요에 못 이겨 죽어가는 아이 옆에서 커피를 마시고 삼각김밥 몇 입을 목구멍에 쑤셔 넣었다.

시간이 길어져 밤이 깊었다. 둘째 녀석을 옆 침대에 재우고 우리는 돌아가며 보조 침상에 몸을 뉘었다. 우리가 돌아가며 잠을 청하는 동안 아이는 아무 변화 없이 평온하게 기다리고 버텨주었다. 다음 날 오후까지도 아이 상태에 큰 변화가 없었다. "힘들 텐데 그만 가라." 아무리 말해도 버티는 게 꼭 말 잘 듣던 녀석이 마지막엔 고집을 부리는 듯했다. 아이 옆에 기대 누워 나지막히 말했다. "그래, 이제 가라고 안 할게. 너 있고 싶을 때까지 있다가 가고 싶을 때 가." 그러자 갑자기 아이 몸에 연결되어 있던 모니터가 빨간 불을 번쩍이며 요란하게 울려대기 시작했다.

다들 벌떡 일어나 아이 옆에 딱 붙어 앉았다. 일단

둘째 아이가 놀랄까 봐 내 뒤에 붙여 세우고는 "무서우면 보지 않아도 돼" 하고 한 손으로 딸의 손을 잡고 다른 한 손으로 아들의 손을 꼭 잡았다. 잠시 후 모니터에 뾰족뾰족하게 그려지던 선이 일자로 멈춰 섰고 옆에 있던 주 교수님은 시계와 모니터를 번갈아 확인한 후 작고 떨리는 목소리를 내뱉었다. "차은찬. 6월 10일 오후 2시 53분 사망하였습니다."

"이제 마스크는 빼도 되죠?" 몸에 달린 불편한 것들부터 얼른 빼주고 싶었다. 핏기 있던 입술도, 열이 있어 유난히 발그레했던 얼굴도 순식간에 하얗게 변했다. 나도 처음 겪는 일이라 잠시 놀라다가 딸이 걱정되어 말했다. "오빠 심장이 멈춰서 핏기가 없어졌는데 그래도 여전히 오빠야. 무서우면 보지 않아도 되지만 이게 오빠 마지막 모습이니까 지금 안 보면 나중에 후회할 수도 있어."

딸은 한참 후에야 조심스레 오빠 쪽으로 왔다. 새

하얀 오빠의 얼굴을 보고 잠시 놀라 뒷걸음질 쳤다가 이내 용기 내어 오빠 옆에 앉아 손과 발을 주무르며 작은 소리로 속삭였다. "오빠 그동안 잘 못해줘서 미안해."

이송 직원을 몇 시쯤 부를까 묻기에 한두 시간 정도만 시간을 달라고 했다. 다시 아이 옆에 둘러앉아 핏기는 없지만 아직은 따뜻한 아이를 만져댔다. "이제 못 안아볼 텐데 한 번씩 안아보자." 아이 아빠가 먼저 아이를 꼭 끌어안았다. "미안해. 그동안 수고 많았어. 너는 최고의 아들이었어" 하고 내려놓는데 그 순간 아이의 표정이 씩 웃는 얼굴이 되었다. 분명히 조금 전까지만 해도 무표정이었는데. 녀석… 아빠한테 수고했다는 소리가 듣고 싶었나 보다.

한 시간이 흐르고 장례식장으로 내려가야 할 시간이 되었다. 저승사자 같이 생긴 이송 직원이 와서는 무표정하고 예의 없는 태도로 아이를 하얀 천에 싸서 꽁꽁 묶었다. 떨어질 듯 아슬아슬하여 신랑이 같이 도왔지만 아이는 짐짝처럼 스테인리스 트레이에 실려 이송 침대에 고정된 채 지하 통로로 내려갔다. 아이는 구급차처럼 생긴 이송 차량 뒷좌석에 실렸다. 문득 응급 상황 때마다 구급차를 탔을 때가 생각났다. 그때는 아이 걱정에 연신 뒤돌아보며 상태를 확인하느라 바빴는데 이제 그럴 필요가 없었다.

'은찬아, 엄마는 그동안 너 때문에 용기 내고 힘내며 살 수 있었는데 이제 엄마 혼자 어쩌지?' 생각하는 사이에 장례식장에 도착했다. 아이는 마침내 텔레비전에서나 보던 네모난 냉장 창고에 넣어졌다. 그제야 실감이 나면서 심장이 터질 듯 아팠다.

은찬아, 우리 이제 진짜 헤어지는 건가 봐. 안녕.

5장

나는 오늘도, 내일도 꿈꾼다

그럼에도
삶은 계속된다

죽음을 받아들이는 첫 번째 단계가 '부정'이라고 하던데 내 아이의 숨이 끊어지는 것을 내 눈으로 똑똑히 봤기에 부정할 여지가 없었다. 은찬이는 떠났고 우리는 여전히 살아남아 검은 상복을 입고 장례식장을 지키고 있었다.

조문객을 받지 않고 가족끼리 둘러앉아 울고 웃으며 은찬이 이야기를 하고 싶었지만 그것도 마음처럼 되지 않았다. 연락도 하지 않았는데 어떻게 알고 조문객들이 몰려왔다. 수많은 손님 중에 은찬이의 손님은 어릴 때부터 친했던 친구 두 명과 이모라고 부를 정도로 가까웠던 동네 엄마 몇 명, 병원 생활을 함께했던 보호자 몇 명, 은찬이가 피아노를 배웠던 선생님뿐이었고 나머지는 은찬이를 본 적 없는 우리 부부의 손님들이었다. 은찬이를 모르는 이들이 은찬이를 위해 눈물을 흘리고 있었다. 어쩌면 남겨진 우리를 위한 눈물이겠지. 감사하지만 공허했다.

아이가 떠나면 모든 게 끝일 줄 알았는데 여전히 해야 할 일이 많았다. 장례식장 관계자들이 돌아가며 찾아와 할 일을 하도록 재촉했다. 먼저 영정 사진을 골라야 했다. 몇 년 전 콩쿠르 제출용으로 찍었던 사진을 고민 없이 꺼냈다. 아역배우처럼 나왔다며 노트북 바탕화면에 깔아놓을 만큼 좋아하던 사진이었다. 하늘색 잔줄무늬 셔츠를 단정하게 입은 사진 속 아들은 여전히 뽀얗게 웃고 있었다. 이 사진이 결국 이렇게 쓰이려고 이렇게도 예쁘게 나왔구나. 허탈했다.

아이의 관을 고르고 장례식장을 장식할 꽃과 손님을 접대할 음식, 아이를 화장하고 난 후 유골을 담을 유골함도 직접 골라야 했다. 마지막이니 뭐든 최고로 좋은 것으로 해주리라 마음먹었지만 아이의 장례는 보통 그러지 않는다고 했다. 이유는 모르겠지만 더 어린 아이들은 장례식을 하지 않는 경우도 있을 정도로 많은 것을 생략한다며 좋은 것을 권하지도 않았다. 화려하고 예쁜 관은 어른용이고 아이에게 맞는 것은 오동나무로 만든 작고 초라한 관뿐이었다.

국내 다섯 손가락 안에 들 만큼 큰 병원의 장례식장이건만 작은 아이에게 맞는 수의 자체가 없다며 평소에 즐겨 입던 옷을 갖고 오라고 했다. 최근 몇 개월간 환자복 아니면 트레이닝복만 입던 아이라 마땅한 옷도 없을뿐더러 병원에 있는 동안 많이 부었던 터라 어떤 옷이 맞을지조차 감이 잡히지 않았다. 급히 온 집 안을 뒤져서 즐겨 입던 파스텔톤 줄무늬 셔츠와 청바지, 선물 받았던 하나뿐인 명품 재킷을 찾아냈다. 마지막으로 이전 병원에 있을 때 은찬이가 잘 따르던 간호사 선생님께 생일 선물로 받은 아가일 무늬 양말도 챙겼다. 걷지 못하니 몇 번 신어보지도 못해 새것이나 다름없었다. 장례식을 위한 물품들을 챙기고 난 후에야 우리는 비로소 장례에 집중할 수 있었다.

조문 온 어른들은 하나같이 둘째 아이에게 네가 엄마를 잘 보살펴줘야 된다며 당부를 했다. 둘째도 방금 세상에서 가장 가까운 친구를 잃은 아이라는 것을 아무도 알지 못하는 듯했다. 나는 그게 못마땅했지만 막을 도리가 없었다. 그 말들 때문인지 철없던 딸은 나에게 딱 붙어 이런저런 말을 걸며 자기의 방식으로 나를 챙겨보려 했다. "엄마, 오빠랑 똑같은 동생 낳아주세요. 오빠에게 못해준 것 다 해주려고요"라고 덤덤하게 말하는 딸이 안쓰러웠다.

은찬이가 떠난 다음 날, 입관식을 하기 위해 온 가족이 관 주변에 둘러섰다. 아이들은 염도 하지 않는다고 해 오히려 다행이었다. 다시 만난 은찬이는 헤어질 때 모습 그대로였다. 가만히 누워 있는 아이를 보고 어머님은 "이 어린애한테 어떻게 이래. 어떻게 애를 이렇게 만들어!" 하며 관을 부여잡고 누군지 모를 누군가를 향해 울부짖다가 결국 쓰러지셨다. 일평생 강한 모습만 보이셨던 친정아빠는 손자의 영정 사진 앞에 서서 말 못 하는 어린아이처럼 엉엉 소리를 내며 내내 우셨다. 양쪽 집안의 귀한 첫 손주였다.

입관을 마친 다음 날. 삼일장을 끝내고 화장장으로 자리를 옮기기 위해 아침부터 분주했다. 영구차로 이동하는 길에 원래는 고인의 형제가 영정 사진을 들고 앞장서야 하지만 동생이 너무 어리니 시키지 말자는 이야기가 어른들 사이에서 오갔다. 그러자 가만히 앉아 듣고 있던 둘째가 벌떡 일어나며 말했다. "아니요. 제가 할게요. 오빠한테 해준 것도 없는데 이거라도 해야죠." 까만 옷을 입은 열두 살 동생은 어른들에게서 하얀 장갑을 빼앗듯 받아 들고는 오빠의 사진을 끌어안고 한 발 한 발 덤덤하게 영구차로 걸음을 옮겼다.

은찬아, 이제 조금만 있으면 집에 갈 거야. 한 번만 더 참으면 돼. 여태 그렇게도 많이 참았던 아이인데 그 뜨거운 불구덩이 속을 한 번 더 견뎌야 집에 갈 수 있다는 사실에 또다시 가슴이 찢어질 듯 미안해졌다. 마지막이야. 진짜 마지막….

보통은 아이들이 떠나면 화장하러 가기 전 영구차로 다니던 학교 근처를 한 바퀴 돈다고 했지만 학교를 제대로 다녀보지 못한 아이라 그럴 필요가 없는 듯해 곧바로 화장장으로 향했다. 영구차에서 내린 둘째는 다시 오빠 사진을 꼭 끌어안고 걸었고 어른들은 관을 들고 그 뒤를 따랐다. 우리보다 먼저 부모나 가족을 잃고 슬퍼하며 그곳에 있던 수많은 사람들이 열두 살 꼬마와 그 꼬마가 든 사진을 번갈아 보고는 각자의 슬픔을 멈춘 채 모두 똑같은 표정으로 우리를 바라보았다. 유난히 하늘이 맑고 파랗던 그날 은찬이는 비로소 한 줌의 재가 되었다.

화장을 하고 분골을 해서 유골함에 담는 과정을 지켜보며 눈물이 나지 않은 것은 아니었지만 이제 아이가 아프지 않다는 사실만으로 위로가 되었다. 반짝반짝한 나비가 그려진 작은 유골함에 담겨진 아이의 유골을 노란 비단 가방에 넣어 꼭 끌어안고 집으로 돌아왔다. 유골함은 은찬이 방 작은 장식장에 아이가 좋아하던 물건들과 함께 두기로 했다. 애초부터 납골당은 생각해본 적이 없었다. 평소 "나는 엄마만 있으면 돼요"라며 꼭 붙어 있으려 하던 아들을 어딘가에 뚝 떨어뜨려 놓을 수 없었다. 나의 일반적이지 않은 결정에 양가 어른들을 포함한 그 누구도 토를 달지 않았다.

아이의 책상과 물건들도 그대로 두었고 이사한 후에도 아이의 방을 그대로 옮겼다. 마지막 병원에 있을 적, 집을 팔며 새 집으로 이사할 거라고 얘기했을 때 은찬이가 물었었다. "엄마, 내 방도 만들어줄 거지요?" 지금까지 한 번도 아이 방이 없던 적이 없었기에 무슨 말인가 의아했었는데 그게 이런 의미였구나. 약속을 지키고 싶었다. 남편은 이대로 잘 데리고 있다가 나중에 내가 죽으면 은찬이와 같은 곳에 모셔주겠다며 농담 아닌 농담을 했다.

은찬이의 빈자리

셋이 남은 집에는 적막이 흘렀다. 그 고요함을 떨쳐보려 깔깔 웃음소리가 나는 예능 프로그램을 일부러 하루 종일 틀어놓았지만 소용 없었다. 은찬이가 병원에 있을 때 말고는 항상 넷이 함께였기에 셋밖에 없는 시간이 견디기 힘들었다. 은찬이가 있을 때처럼 지내고 싶었다. 그래서 생각해낸 방법이 은찬이는 우리와 함께 있는 거라며 은찬이 대신 영정 사진을 여기저기 들고 다니는 것이었다. 밥 먹을 때는 식탁 의자에,

텔레비전 볼 때는 소파에, 잠 잘 때는 침대 곁에 영정 사진을 두고 "잘자~" 말도 건넸다. 누가 보면 미친 사람들인 줄 알겠다 싶을 만큼 꽤 오랫동안 영정 사진을 들고 다니며 말도 걸고 함께 있다고 생각했다. 사진 속 은찬이는 언제나 환하게 웃고 있었다.

은찬이를 보내고 며칠 만에 딸은 다시 등교를 시작했고 남편도 일주일 후부터 출근을 했다. 모두 일상으로 돌아가고 집에 오롯이 나 혼자 남게 되자 가족과 온종일 붙어 있을 때는 애써 외면했던 슬픔과 눈물이 쏟아졌다. 은찬이를 배 속에 품은 이후로 13년 동안 아이와 이렇게 오래 떨어져본 적이 없었다. 사랑하는 나의 분신도, 내가 지켜야 할 아이도, 내가 해야 할 일도 모두 없어져버렸다. 이 세상에 나만 덩그러니 남겨진 듯했다.

처음에는 아이가 더 이상 아프지 않도록 쓸데없는 연명치료를 하지 않은 게 잘한 일이라고 스스로 기특해했다. 그런데 시간이 지날수록 후회가 몰려왔다. 아이가 미친 듯이 보고 싶고 만지고 싶었다. 그런 날이면 만져볼 수라도 있게 불편한 산소호흡기를 하고 중환자실에 의식 없이 누워라도 있으면 좋겠다는 못된 생각까지 했다. 치료 과정 중에 내가 잘못한 것은 없었는지 수없이 되돌려보며 후회거리를 찾아 스스로 괴롭혔고, 신약을 쓰지 못하게 된 과정에 얽힌 수많은 사람들을 미워했다. 결국 이렇게 될 것을 왜 그 어린 아이에게 그 많은 고통을 겪게 했을까 신마저 원망하고 원망했다.

자식을 잃은 부모의 슬픔을 단장지애斷腸之哀라고 하던데, 창자가 끊어질 듯한 고통과 슬픔 그 이상이었다. 살아가는 것이, 아이 없이 그저 살아내는 것 자체가 형벌과도 같았다. 하루하루 잠을 자고 눈을 뜨는 것조차 고통스러웠다. 아이 하나 살리지 못한 엄마인 주제에 허기를 느끼고, 밥을 목구멍으로 넘기고, 거기에서 맛을 느끼고 있다는 사실조차 기가 막혔다. 은찬이를 돌보느라 쏙 빠졌던 살이 다시 붙고, 오랫동안 잠을 제대로 자지 못해 깊이 내려앉았던 다크서클도 사라졌다. 너무나 건강해 보이는 내 자신이 부끄럽고 혐오스러웠다.

은찬이를 보내고 한 달 후는 나의 생일이었다. 은찬이 없이 맞는 첫 생일. 며칠 전부터 생일이 다가오는 것이 그렇게도 싫더니 생일날 아침에는 눈뜨는 것조차 두려웠다. 그럼에도 나의 마흔 번째 생일 아침은 밝아왔다. 아무렇지 않은 척해보려 했지만 그럴 수 없었다. 아침부터 여느 해의 생일과는 달랐다. 문득 몇 년 전 생일날 아침이 떠올랐다.

"엄마는 생일에 제일 하고 싶은 게 뭐에요?" 온종일 내 기분을 살피고 맞춰주던 아들이 있었다. 글자를 쓸 줄 알게 된 다섯 살 무렵부터 매년 생일마다 꾹꾹 눌러 쓴 편지를 주었고, 한 해 한 해 업그레이드되던 바이올린 연주 선물도 함께여서 행복했다. 이제 그런 아들이 없다. 남편이 출근을 하고 둘째 아이는 등교한 빈 집 소파에 비스듬히 기대앉아 휴대폰 속 깊숙이 아껴두었던 동영상을 꺼냈다. 작년 생일에 아들이 생일 축하 노래를 불러주던 모습을 찍은 동영상인데 볼 때마다 슬퍼져서 생일에 한 번씩만 꺼내보기로 마음먹었었다.

"이 세상에 좋은 건 모두 주고 싶어. 내가 아플 때 정성껏 돌봐주신 우리 엄마. 때론 같이 공감해주고 같이 울어줬지. 사랑해줬기 때문에, 사랑해줬기 때문에… 건강한 나무처럼 건강하게 자라서 제가 완치되는 날 환하게 웃으세요. 엄마를 생각하면 왜 눈물이 나지. 이 세상에 좋은 건 모두 드릴게요. 엄마 사랑해요."

노래 〈이 세상에 좋은 건 모두 주고 싶어〉를 개사해서 불러주던 영상 속 은찬이가 울먹였다. 나도 함께 울었다. 더 이상 생일은 행복한 날이 아니었다.

아픈 가족이 있음에도 항상 생기 넘쳤던 우리 가족의 분위기도 은찬이가 없으니 달라졌다. 셋 다 서로 슬픈 티를 내지 않으려 노력했지만 마냥 그럴 수는 없었다. 둘째 아이는 때때로 오빠 방에 들어가 오빠 침대에 누워 오빠의 인형들을 끌어안고 "엄마, 오빠 손 만지고 싶어요" 하며 울었고 남편은 사는 의미를 모르겠다며 다 때려치우고 바닷가에 가서 집 짓고 낚시나 하며 살고 싶다는 말을 자주 했다. 은찬이 없는 삶이 공허한 것은 나도 마찬가지였다.

은찬이 없이는 할 수 있는 것이 없었다. 매일같이 하던 보드게임들은 대부분 4인용이어서 이제 우리끼리는 할 수조차 없었고, 매년 크리스마스 때마다 하던 아이들의 연주회도 이제 없을 것이다. 몇 년 전부터 주말마다 네 식구가 악기 하나씩 들고 모였던 우리 가족의 숙원 사업인 가족 밴드도 멤버 한 명이 없어지며 잠정 해체되었다. 레퍼토리도 열 곡쯤 되었는데 아이가 열심히 끄적인 악보만 덩그러니 남았다. 신해철의 〈그대에게〉를 바이올린으로 멋들어지게 연주하며 신해철 같은 음악가가 이제 세상에 없음을 아쉬워하던 아이가 이제 신해철이 있는 그곳으로 떠났다는 사실이 거짓말 같았다.

자꾸만 동생을 낳아달라는 둘째를 위해 강아지를 한 마리 데려왔다. 손바닥만 한 강아지는 제법 까불며 우리 집의 조용한 공기를 메웠지만 은찬이를 대신할 수는 없었다. 발끝만 빼고는 온통 까만 털에 동그란 눈을 하고 내 발뒤꿈치를 따라다니는 조그만 생명체가 내 눈에는 별로 예쁘지 않았다. 은찬이가 이 집에 더 이상 없다는 사실만 다시 한번 확인할 뿐이었다.

자녀를 떠나보낸 가정은 어떠한 이유로든 무너지기 쉽다. 아이를 잃은 고통에 부부가 허우적대며 서로를 할퀴는 동안 남아 있는 아이 역시 방치되기 십상이다. 7년이나 투병 생활을 하느라 지칠 대로 지친 우리 가정 역시 충분히 그럴 만했다. 그동안 우리 집안에서 은찬이가 얼마나 큰 역할을 했는지 놀라울 만큼 빈 자리가 컸다. 하지만 우리의 행복이었던 은찬이가 우리의 불행이 되게 하고 싶지 않았다. 은찬이를 슬프게 하고 싶지 않았다.

"저는 차은찬의 엄마입니다"

아이가 떠난 지 3개월이 지났을 즈음, 블로그를 통해 백혈병환우회 대표님께 연락이 왔다. 킴리아의 국민건강보험 적용과 관련하여 목소리를 내고 있는데 나의 도움이 필요하다고 조심스럽게 말씀하셨다. 은찬이를 허망하게 보냈건만 그 후에도 사람들은 약값이 비싸다는 사실에만 관심을 둘 뿐, 약이 너무 비싸서 이 약을 쓸 수 없는 사람들이 있다는 사실에는 아무도 관심을 두지 않았다. 내가 할 수 있는 일은 뭐든 돕겠다고 했다.

그즈음 한 국회의원실에서도 연락이 왔다. 국정감사 때 참고인으로 출석해 은찬이에 관한 이야기를 해달라는 전화였다. 정치적인 일이 아니라면 그 역시 하겠다고 했다. 은찬이라면 다른 아이들을 위해 기꺼이 이 일을 했을 테니까. 자기가 제일 힘들면서도 병실의 분위기 메이커를 자처하며 힘들어하는 친구들을 위로하던 아이였다. 의사라는 꿈을 갖게 된 것도 아픈 아이들을 돕기 위해서였고, 평생을 봉사하고 기부하며 살겠다고 했던 아이였기에 은찬이라면 기꺼이 이런 일에 앞장섰을 게 분명했다.

가장 처음 한 일은 국가인권위원회에 진정서 제출과 기자회견이었다. 발언을 하려고 인권위 앞에 마이크를 들고 서서 고개를 드니 멀리 서울타워가 보였다. 아들이 그렇게도 가고 싶어 하던 곳이었다. 이식받고 나서 꼭 가자고 했었는데 결국 가보지 못했다.

아들이 좋아하는 남산돈까스도 먹었어야 했는데, 라는 생각에 이르자 울컥 눈물이 나려 했다.

"저는 킴리아 치료를 기다리다가 치료를 받지 못한 채 하늘나라로 떠난, 차은찬의 엄마입니다."

발언은 항상 그렇게 시작했다. 뒤로 한참 더 주절주절 말하곤 했지만 사실 이 한마디면 모든 게 다 표현되었다. 마이크를 들고 소중한 우리 아이들의 [illegible] 이야기를 하는 동안 거리의 인파는 나를 힐긋 쳐다보다 마저 바쁜 걸음을 옮길 뿐, 그 내용에 관심을 두는 이는 거의 없었다. 그래도 영상이 남으니까, 뉴스에 나올 테니까 하는 심정으로 목소리를 높였다. 아이를 살릴 방법이 있는데 그 치료를 받지 못하고 아이를 떠나보낸 부모의 마음을 조금이라도 헤아려주기를 바랐다.

얼마 지나지 않아 국정감사에도 출석했다. 은찬이가 이런 슬픈 일을 겪었으며, 지금은 돈이 없어 치료를 못 받고 있는 아이들이 있으니 국민건강보험 적용이 빨리 될 수 있게 해달라고 차분히 이야기했다. 국내에서 신약이 허가를 받고 환자들이 실제 사용하기까지의 과정이 매우 답답하니 생명과 직결된 신약만이라도 처리 과정에 속도를 내어달라는 이야기도 했다. 그에 대해 관계부처에서는 "이 일은 전문가들이 할 일이고, 전문가들이 알아서 잘하고 있는 일"이라고 답하며 사과조차 없었다. 그 과정 중에 결국 내 새끼가 죽었는데도 그 전문가들이 자기 일을 잘하고 있다는 말인가, 내 귀를 의심했다.

어쨌든 그 후로도 쭉 '킴리아의 빠른 건강보험 적용 및 생명과 직결된 신약의 신속 등재 제도의 필요성'에 대한 청원을 진행했고 1인 시위나 인터뷰를 이어나갔다. 청원도 쉬운 일이 아니었다. 자극적인 사건이나 어느 범죄자의 신상을 공개해달라는 청원 같은 것은 금세 20만 명을 넘겼지만 은찬이의 일은 그저 안타까운 일일 뿐, 분노하고 같이 화내주는 이들이 많지 않았다. 청원은 3만 명을 겨우 넘겼다. '내 일이 될 수도 있는 일'과 '내 일이 아닐 것 같은 일'에 대한 사람들의 온도차를 극명하게 느끼며 많이 아팠다.

우리도 아이가 아프기 전까지는 우리가 이런 상황에 놓이게 될 줄 꿈에도 생각 못 했었다. 젊고 건강했던 우리가 낳은 아이가 백혈병이라는 큰 병에 걸린 것으로도 모자라 결국 그 병을 이기지 못하고 내 곁을 떠나게 될 거라고는, 살릴 수 있었던 약을 눈앞에 두고도 아이가 죽어가는 모습을 지켜보고 있을 수밖에 없을 거라고는, 내가 결국 자식 잃은 부모가 될 거라고는 몇 년 전에는 생각해본 적도 없었다.

하지만 남들도 다 그렇게 생각하기에 우리 이야기를 들으며 그저 안타까운 시선을 보낼 뿐, 아무도 행동으로 나서주지 않았다. 때로는 언젠가 이 약이 필요할 수 있는 환자나 그 보호자들조차 남의 일인 듯 무관심한 모습을 보여 회의감이 들곤 했지만, 오래전 나

역시도 그들 중 한 명이었으니 할 말이 없었다. 그래서 더 그 고통을 아는 나까지 힘들어하고 있는 사람들을 외면할 수 없었다. 내가 뭐라고, 내 아이가 못 쓰고 간 약을 다른 사람들은 걱정 없이 쓰게 하고 싶다는 오기가 생겼다.

온라인상으로 수없이 글을 퍼 나르며 사람들의 동의를 구하고 인권위 앞에서, 국회 앞에서 마이크를 들어봤지만 메이저 방송국이나 언론사에 보도되는 일은 극히 드물었다. 은찬이가 살아 있을 때도 수없이 많은 기자들에게 도와달라고 손을 내밀었지만 아무도 기사를 내주지 않았던 것처럼 '자극적이지 않아서' 시선조차 주지 않는다고밖에 생각되지 않았다.

해를 넘겨 2022년 1월, 유난히도 매섭게 칼바람이 불던 날이었다. 약제급여평가위원회 심의를 앞두고 심의 장소 앞에서 기자회견을 했다. 환자 단체 대표들과 킴리아 치료가 필요한 환아의 엄마, 투병 중인 환우까지 칼바람에도 아랑곳 않고 피켓을 들고 마이크를 잡고 카메라 앞에서 목소리를 높였다. 그리고 그날 늦은 시각, 약제급여평가위원회 심의 통과 소식을 들었다. 좋은 소식이긴 하지만 이게 끝이 아니었다. 약의 건강보험 적용을 위한 단계 중 겨우 한 발 내딛었을 뿐, 약값 협상과 건강보험정책심의위원회 심의가 남아 있는데 이 과정이 두 달 이상 걸리기 때문이다.

화가 났다. 알음알음 나에게 킴리아를 써야 하는 아이가 있다고 연락을 주던 분들이 하나둘 슬픈 소식을 전해왔다. 이 약이 필요한 사람들은 6개월을 견디기 힘든데, 그 처리 과정은 1년이 다 되어가고 있었다. 이미 해외 여러 나라에서 안정적으로 쓰이는 약인데 국내 도입이 늦었다면 더 빨리 서둘러야 할 일 아닌가? 어째서 그 처리 과정은 여전히 느린지 이해가 가지 않았다.

속도를 내게 하기 위해 무언가 더 힘을 보태고 싶

었지만 여전히 나는 힘이 없었다. 블로그에 주기적으로 관련 글을 올리고 국회의원들을 만나 호소하거나 신문에 기고하거나 언론 인터뷰를 하고 대선 때 각 캠프에 건의하는 것 정도가 내가 할 수 있는 전부였다. 성과는 지지부진했다. 그렇지만 나만이 할 수 있는 일이어서 누군가가 귀 기울여줄 날을 기다리며 작은 외침을 계속할 뿐이었다.

대선을 앞둔 지난 3월, SBS와 인터뷰를 했다. 그간 보아왔던 기자들과 다름없이 구미에 맞는 자극적인 기사로 만들어 내보내겠지 싶어 큰 기대 없이 인터뷰를 하고 원하는 자료를 보내주고 끝냈다. 그런데 며칠 후 〈8시 뉴스〉에 우리 아들의 노랫소리가 울려 퍼졌다. 재작년 내 생일에 불러주었던 그 노래였다.

"제가 완치되는 날 환하게 웃으세요. 엄마를 생각하면 왜 눈물이 나지. 이 세상에 좋은 것 모두 드릴게요. 엄마 사랑해요."

그리고 얼마 지나지 않아 2022년 3월 31일 킴리아는 드디어 건강보험정책심의위원회 심의를 통과하였고 4월 1일부로 건강보험 적용이 된다고 했다. 5억 원이었던 약을 이제 500만 원대로 사용할 수 있다는 희소식이었다. 그 정도면 되었다. 여전히 비싸긴 하지만 보통의 가정에서 조금 무리하면 마련할 수 있는 비용이었고, 어려운 가정은 사회복지적 지원을 받아 마련할 수 있는 수준이었다.

그날, 심의 통과를 기념하여 환우회 사람들 몇 명과 자리를 마련했다. 사실 이날이 오면 약을 쓰지 못하고 떠난 은찬이 생각에 마음 한편이 많이 아프고 슬플 줄 알았는데 그저 기뻐 함께 웃을 수 있었다. 아이를 보낸 지 9개월이 다 되어가지만 나는 여전히 은찬이 엄마로 불리며 은찬이 이야기를 하고 있었다.

게다가 딸은 내가 나오는 뉴스를 찾아보며 "엄마, 엄마는 어려운 사람들이 약을 쓸 수 있도록 하는 운동을 하니까 인권운동가지요?"라며 자랑스러워했고 신약의 보험 적용을 누구보다 기뻐했다. 사람들은 이 일에 내 도움이 컸다고 말하지만 나는 사실 잘 모르겠다. 정말 나의 노력으로 조금 당겨지기는 한 건지, 나와 환우들이 그렇게 소리쳤지만 그와 상관없이 원래의 속도대로 진행된 건지….

오빠의 바이올린

은찬이는 바이올린을 사랑했지만 잔잔한 피아노곡도 좋아했다. 특히 이루마의 곡들을 좋아했는데 머리가 아파서 잠을 청할 때면 머리맡 AI 스피커에 "아리아~ 이루마 곡 틀어줘" 하고는 자장가 삼아 그 곡을 들었다. 그중 〈River Flows In You〉가 항상 1번이었다.

은찬이가 유난히 좋아하는 곡이라 동생은 오빠가 킴리아 치료를 하고 퇴원할 때까지 연습해두었다가 퇴원하면 짠 연주해주기로 약속했던 모양이다. 오빠가 떠난 후로도 동생은 그 곡을 묵묵히 연습했다. 그리고 얼마 지나지 않아 끝까지 연주를 할 수 있게 되었다. "오빠 마지막 병원에 있을 때 통화하면서 중간까지는 들려줬어요. 그때 오빠가 잘한다고 많이 늘었다고 했었거든요. 끝까지 들려주고 싶었는데 못 들려줬어요"라며 아쉬워하는 딸을 보며 마음이 아렸다.

은찬이가 의사며 바이올리니스트며 큰 꿈을 꾸는 동안 둘째는 별 꿈이 없었다. 똘똘해서 공부도 제법 하고 오빠 못지않게 음악적인 재능도 있어 전공 권유도 여러 번 받았지만 정작 본인은 뭐든 시큰둥했다. 의사가 되겠다는 오빠를 보며 "그러면 나는 일 안 하고 오빠랑 살아야겠다"라며 일찌감치 오빠에게 얹혀 살 궁리만 하던 아이였다.

가장 친한 친구이자 자랑거리이자 든든한 버팀목이었던 오빠가 떠나자 아이는 한동안 깊은 상념에 잠겼다. 어른도 받아들이기 힘든 '죽음'이라는 것을 너무 빨리 알게 되면서 오빠가 세상에 없다는 사실에 화나고 억울해했다. 오빠가 이렇게도 짧은 생을 살고 떠나간 이유를 알고 싶어 했다. 어느 날은 죽음에 관해 나오는 동화책을 읽다 말고 집어던지듯 내려놓으며 주먹을 꽉 쥐고 격양된 목소리로 말했다. "그럼 오빠가 이 세상에 이루고 간 게 하나도 없는 거네요? 오빠가 얼마나 열심히 살았는데!" 아이의 눈에 눈물이 그렁거렸다

틀린 말이 아니었지만 무언가 어른스러운 말을 해줘야 할 것 같아 입에서 튀어나오는 대로 주절거렸다. "엄마도 그런 생각을 해봤는데 오빠는 천사였던 것 같아. 엄마는 살면서 오빠만큼 착하고 멋진 사람을 본 적이 없거든. 오빠는 가족과 주변 사람들에게 행복과 깨달음을 주려고 왔던 게 아닐까? 오빠 생각 하면서 열심히 살라고 말이야. 엄마는 오빠만큼 열심히 살 자신은 없지만, 오빠였으면 어떻게 했을까 매일 생각

하며 살려고 노력하고 있거든. 오빠가 못 하고 간 일, 오빠가 하고 싶었던 일 대신해줄 거야. 그게 오빠의 뜻일 것 같아."

가만히 듣기만 하던 아이는 며칠 또 깊은 생각에 빠지는가 싶더니 오빠 방 장식장에서 조심스레 오빠의 바이올린을 꺼내 들었다. 재능이 있을 뿐 성실과는 거리가 멀어 하루에 한 시간 연습하는 것도 힘들어하던 아이였는데 그날부터 매일같이 바이올린을 들고 한 시간, 두 시간 연습을 늘려가기 시작하더니 어느 날 선언했다. "바이올린 전공할래요."

입시까지 1년도 남지 않은 시점이라 예술중학교를 준비하기에는 이미 많이 늦었다고들 했다. 게다가 비싼 바이올린을 사주고 일주일에 몇 번씩 레슨을 받게 해줄 금전적 여유도 없었다. 하지만 아이가 그저 슬픔에 잠겨 있지 않고 무언가 하겠다는 것만으로도 고마워 기꺼이 허락했다. 오빠 대신 의사가 되어줄 수는 없어도 바이올리니스트가 될 수는 있을 것 같아서 바이올린 전공을 결심했다는, 아이의 깊은 뜻을 그때는 몰랐다.

자기 바이올린이 있으면서도 아이는 오빠 바이올린을 더 좋아했다. 바이올린이라는 악기는 참 신기해서 전에 쓰던 사람의 소리를 기억한다고 하더니, 둘째가 연습을 하면 할수록 은찬이가 연주하던 소리가 나서 깜짝깜짝 놀랐다. 바이올린은 정말 은찬이를 기억하고 있었다.

아이가 열심히 하는 만큼 실력도 하루가 다르게 늘었다. 항상 오빠의 그늘 아래에서 자기는 못한다고만 생각하던 아이는 몇 달 만에 바이올린으로 영재원에 합격했다. 합격 소식을 듣자마자 아이는 팔짝팔짝 뛰며 기뻐했다. "오디션 때 '오빠 도와줘!' 하고 연주했는데 진짜 오빠가 도와준 것 같아요. 평소에 안 되던 부분도 잘됐거든요." 아이는 스스로 이뤄내고도 오빠가 도와줬다고 믿고 있었다. 그 후로도 중요한 연주를 하는 날이면 오빠 바이올린을 들고 오빠 생각을 하며 연주를 한다고 했다.

학교 오케스트라에서 야외 공연을 하던 날, 솔로곡 연주를 하기 전 아이는 하늘을 힐끔힐끔 올려봤다. 속으로 오빠에게 말을 걸고 있었을 것이다. 아이의 연주를 들은 여러 사람들이 이상하게 눈물이 난다고 했다. 아이의 연주는 구슬프면서도 아름다웠다. 남들보다 일찌감치 마음 한구석에 큰 상처를 안게 됐지만 그 상처를 스스로 치유하며 누구보다 아름다운 음악을 만들어갈 거라 믿는다. 은찬이가 끔찍이 아끼던 동생이니 꼭 도와줄 거라는 믿음도 있다.

가끔씩 아주 어릴 적 두 녀석이 악기 하나씩 들고 연주회를 한다며 복작대던 그때 생각을 하면 피식 웃음이 난다. 말도 제대로 못하는 두돌잡이 동생에게 바이올린을 쥐어주고 자기는 핑크색 꼬마 기타를 들고

서 연주회를 한다며 뚱땅대곤 했다. 어쩌면 은찬이가 동생에게 바이올린이라는, 음악이라는 큰 선물을 주고 간 건지도 모르겠다.

은찬이를 기억해주세요

아이를 낳아 기르고 아파서 치료하는 과정은 어렵기만 했는데 아이가 살아 있었다는 기록을 멈추는 일은 참 쉬웠다. 병원에서 발급받은 사망진단서와 함께 서류 한 장만 작성하면 한 사람은 원래부터 이 세상에 없었던 듯 사라진다. 아이에 관한 기록은 폐쇄됐고 대부분의 서류에서 아이의 이름도 사라졌다. '은찬이 엄마'라는 이름도 함께 사라져버리는 듯했다.

은찬이가 떠나고 며칠 지나지 않았을 때부터 남편은 가끔씩 “은찬이 이야기가 잊히지 않도록 책으로 써야 해. 나는 글을 못 쓰니까 당신이 꼭 써”라고 말했었다. 글이라고는 블로그에 짧은 글을 가끔 올리던 게 전부였기에 자신이 없어서 “그래. 나중에… 10년 후든 20년 후든 언젠가 쓸게”라며 대충 얼버무리고 말았다.

그런데 그 후로도 킴리아 관련 일을 하며 만나는 사람들마다 “어머님, 마음이 좀 안정되면 책을 쓰시면 좋겠어요. 은찬이 일이 잊히지 않도록요”라며 집필을 권했다. 문득 은찬이의 이야기를 글로 남긴다는 것이 부모 개인으로서의 일뿐 아니라 어쩌면 여러 사람을 위한 일일 수도 있겠다는 책임감이 들었다. 불현듯 은찬이가 쓰던 노트북을 꺼냈다. 마치 앉은 자리에서 책 한 권 뚝딱 써낼 듯 안경을 고쳐 쓰고 장엄하게 타자를 치기 시작했다. 하지만 그러기도 잠시, 몇 시간 만에 멈추었다. 이렇게 긴 글을 써본 적이 없었다.

역시 지금은 준비가 안 되었다는 핑계를 대며 노트북을 덮었다.

얼마 후, 한 영화감독님을 만났다. 은찬이 이야기를 영화로 만들고 싶다고 했다. 은찬이의 잔잔한 이야기로는 대단한 수익을 남기기 어려울 게 뻔해 보이는데도 은찬이의 이야기를 많은 사람들에게 알리고 싶다며 온 힘을 다해 시나리오를 쓰기 시작하셨다. 은찬이를 전혀 모르던 남조차 은찬이를 기억하기 위해 노력해주는데 엄마라는 사람이 몇 시간 만에 노트북을 덮어버리다니, 부끄러웠다.

그날 집에 돌아오자마자 노트북을 다시 열었다. 무언가에 홀린 듯 어떻게 하면 책을 낼 수 있을까 검색하다가 초보 작가의 등용문이라 불리는 글쓰기 플랫폼인 브런치를 알게 됐다. 그래, 뭐든 해보자. 밤늦도록 자기소개와 기획안을 작성해 올리고 바로 다음 날 합격 메일을 받았다. 그날부터 하루에 한 편씩 울고 웃으며 미친 듯이 글을 썼다.

단순히 아이를 기억하는 것뿐 아니라 아이와의 아픈 기억을 끄집어내는 것은 생각보다 쉬운 일이 아니었다. 마냥 덮어두고 잊고 싶은 부분들까지 억지로 끄집어내다 보면 한 번씩 내가 쓰는 글의 감정에 매몰되어 빠져나오기 힘들었다. 고맙게도 그럴 때마다 누군가가 손을 내밀어 그곳에서 나를 끄집어내주었다. "어머니의 눈물로 수많은 은찬이들이 이제 살 수 있게 됐어요.", "은찬이와 은찬이 어머님, 그리고 많은 분들이 아이에게 희망을 주신 것 같아 너무 감사합니다." 은찬이를 기억해주는 사람들의 메시지는 머리를 싸매고 누워 있는 나를 벌떡 일어나게 했다.

드라마 〈슬기로운 의사 생활〉을 보면 한 엄마가 오랜 투병 끝에 아이를 떠나보내고 나서도 아이가 입원해 있던 병원을 계속해서 찾아가는 모습이 나온다. 오랜 시간 투병하던 아이를 떠나보낸 부모라면 그 장면에 100퍼센트 공감할 것이다. 부모는 아이가 없어도 아이 이야기가 하고 싶고 세상으로부터, 아이를 알던 사람들로부터 아이가 잊히지 않기를 원한다. 이제 세상에 없는 아이이지만 계속 기억되기를 바란다. 그런 면에서 어쩌면 나는 아픔이 조금은 덜했는지 모르겠다. 내가 '은찬이 엄마'라는 이름을 쫓아다니기 전에 은찬이를 기억하는 분들의 연락이 이어졌으니까.

"은찬이는 정말 특별하게 빛나는 아이였어요. 그런 아이의 주치의가 될 수 있었던 것은 한 사람의 의사가 받을 수 있는 최고의 축복입니다.", "은찬이 가족을 만난 것이 저에게는 너무 감사한 일입니다.", "저에게 희수는 특별했습니다. 희수 보기에 부끄럽지 않게, 여전히 희수가 좋아할 만한 사람이자 소아과 의사로 살도록 더 노력하려고 합니다.", "은찬이를 예쁘고 착하고 재주가 많았던 천사로 기억하겠습니다.", "유달리 착하고 맑았던 희수 생각하면 먹먹해집니다."

은찬이가 떠났지만 사람들은 여전히 나를 '은찬이 엄마'라고 불렀고, 은찬이가 따르며 좋아했던 많은 사람들이 여전히 은찬이를 기억해주며 은찬이의 몫까지 열심히 살겠다고 약속했다. 종종 킴리아 관련 기사가 올라오면 은찬이에 관한 댓글이 달린다. "킴리아 치료 기다리다 하늘로 소풍 간 은찬이가 하늘에서 큰일 했네요." 킴리아를 위해 몸 바치고 떠난 것도 아닌데, 사람들은 은찬이를 독립운동가처럼 기억해주고 있었다. 아무것도 이루지 못하고 떠난 은찬이지만 뉴스나 기사를 보며 어른들은 미안해하고 있었다.

어떤 엄마라도 내 아이를 기억할 수 있는 방법이 있다면 무슨 일이든 할 것이다. 누군가는 봉사활동을 하고, 누군가는 아이 이름을 새긴 나무를 심는다. 나 역시 이런저런 이유를 대고 있지만 어쩌면 아주 근본적으로는 "우리 은찬이를 기억해주세요"라는 아주 원초적인 마음으로 글을 쓰기 시작한 건지 모르겠다.

내 기억 속의 은찬이는 항상 어른스럽고 단정하기만 한 아이가 아니었다. 우산 손잡이에 실내화 주머니를 걸면 들고 오기 편하다며 해가 쨍쨍한 날에도 우산을 쓰고 오는 엉뚱한 아이였고, 범퍼카를 탈 때조차 운전 규칙을 지키느라 다른 차를 요리조리 피해 다니기만 하는 융통성 없는 아이이기도 했다. 춤이랑은 거리가 먼 몸치이면서도 엄마나 병원 누나들을 웃기겠다며 기꺼이 엉덩이를 흔들며 우스운 춤을 추는 재미있는 아이이기도 했다. 그런 은찬이의 모습까지 모두 기억될 수는 없겠지만 은찬이의 흔적이라도 남기를 바라며 글을 쓴다.

이 글을 쓰는 일도 은찬이가 엄마에게 남겨준 몫이라 생각하며 오늘도 은찬이를 기억하고 기록한다. "엄마는 글을 쓰면 좋겠어요"라고 자신 있게 권하는 은찬이의 목소리를 기대하며 글을 쓴다.

천사는 하늘로 돌아갔습니다

은찬이가 떠나자마자 우리의 끈끈한 모자 관계를 아는 주변 사람들은 내가 아이 따라간다고 나쁜 생각이라도 할까 봐 걱정을 했지만, 정작 나는 그럴 생각이 전혀 없었다. 그런 선택을 하면 영영 아들을 볼 수 없다는 것을 잘 이해하고 있었다. 그저 왜 그렇게도 훌륭한 은찬이가 보잘것없는 나보다 먼저 떠났을까, 아들의 짧은 삶에 어떤 의미가 있었던 것일까, 이런 것들이 의문스러울 뿐이었다. 그에 대한 해답을 찾아

보려 미친 듯이 도서관을 뒤졌고, 상담소와 정신과까지 찾아가봤지만 답을 찾을 수 없었다.

내 기억 속의 은찬이는 항상 천사 같은 모습이었다. 은찬이를 떠올리면 두 번째 재발을 하고 병실에서 힘든 시간을 보내고 있던 날이 자주 생각난다. 그 날도 힘든 하루를 마치고 잘 준비를 하고 있는데 옆 침상이 갑자기 분주해졌다. 바로 옆에 있던 아이 상태가 갑자기 안 좋아진 것이다. 그 아이가 급하게 중환자실로 옮겨지는 동안 아이 엄마는 놀라 주저앉아 엉엉 울고 있었다. 그러자 잠시 안절부절못하던 은찬이가 커튼을 빼꼼 열더니 "이모~ 저도 얼마 전에 중환자실 갔었는데 금방 괜찮아져서 3일 만에 올라왔어요. 너무 걱정하지 마세요" 하며 비타민 하나를 건네는 게 아닌가. 은찬이는 그런 아이였다. 자신의 아픔보다 남을 더 걱정하는 아이.

걷지 못해 집에서조차 휠체어를 밀고 다니던 때에

도 동생이 방에 거미가 있다고 꺅 소리를 지르면 휠체어에서 바닥으로 내려와 맨손으로 거미를 잡아주던 그런 아이였다. '천사 같다'는 표현이 딱 어울렸다. 아무리 생각해봐도 은찬이는 어디에서도 보고 들은 적이 없는 신기한 아이여서 하나님이 우리에게 천사 한번 키워보라고 맡긴 모양이라고 우리끼리 얘기했었다. 그 천사가 고향으로 돌아갔다.

떠난 아이의 짐을 정리하며 다시 한번 놀랐다. 가지런히 정돈된 책상이며 짐들이 열세 살 남자아이의 방이라고는 믿기지 않을 만큼 깔끔했다. 필통 안의 연필들마저 색깔별로 가지런했다. 잘 정돈된 책상 서랍 안에는 아이의 빨간색 지갑도 있었다. 돈은 또 얼마나 알뜰하게 모아놨는지 통장에 모아둔 돈까지 자그마치 300만 원이나 되었다. 장학금이며 용돈 한 푼 허투루 쓰지 않던 아이가 생각나 목이 메었다. 아이의 지갑을 들여다보다가 문득 다 나으면 완치 기념으로 기부를 해야겠다고 말했던 아이가 생각나 소아암과 관련

된 재단 두 곳에 기부하고 '차은찬' 이름이 쓰인 상장을 받았다. 상 받는 것을 유난히도 좋아하던 은찬이가 직접 받았으면 얼마나 좋아했을까 아이의 미소를 떠올려보았다.

어느 날에는 무심코 휴대폰을 뒤적이다가 아들이 보냈던 메시지를 발견하고 심장이 쿵 했다.

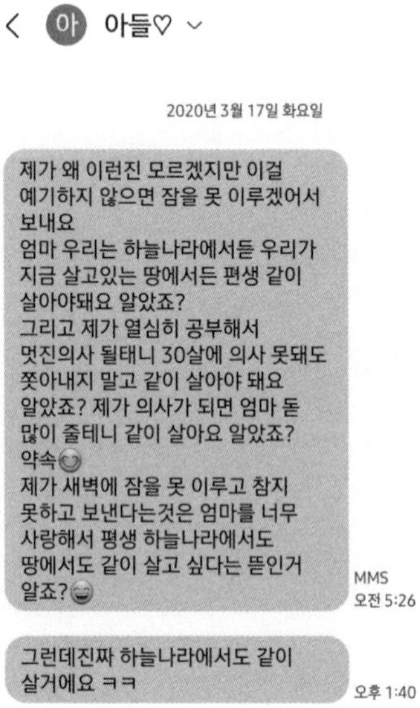

< 아 아들♡ ∨

2020년 3월 17일 화요일

제가 왜 이런진 모르겠지만 이걸
예기하지 않으면 잠을 못 이루겠어서
보내요
엄마 우리는 하늘나라에서든 우리가
지금 살고있는 땅에서든 편생 같이
살아야돼요 알았죠?
그리고 제가 열심히 공부해서
멋진의사 될태니 30살에 의사 못돼도
쫒아내지 말고 같이 살아야 돼요
알았죠? 제가 의사가 되면 엄마 돋
많이 줄테니 같이 살아요 알았죠?
약속😊
제가 새벽에 잠을 못 이루고 참지
못하고 보낸다는것은 엄마를 너무
사랑해서 평생 하늘나라에서도
땅에서도 같이 살고 싶다는 뜯인거
알죠?😄

MMS
오전 5:26

그런데진짜 하늘나라에서도 같이
살거에요 ㅋㅋ

오후 1:40

떠나기 1년 전쯤 새벽에 보냈던 문자였다. 마치 지금의 나를 위해 보내둔 메시지인 듯했다. 은찬이는 이미 무언가를 알고 있던 걸까? 어쨌든 그 메시지 하나에 힘을 얻었다. 하늘나라에서도 같이 살자는 은찬이의 말에 막연한 믿음이 생겼다. 내가 하늘나라에 갈 때까지 좋은 곳에 자리 잡고 기다리고 있겠구나.

어느 날 딸이 간식을 먹다 말고 덤덤하게 물었다. "엄마, 엄마는 죽고 싶다는 생각한 적 없어요?" "응? 어떨 때 그런 생각이 드는데?" "오빠 보고 싶을 때… 죽으면 오빠 볼 수 있으니까…." 우리는 같은 생각을 하고 있었다. "엄마도 그럴 때 있지. 오빠 보고 싶을 때…. 그런데 오빠는 천사라서 자살을 하거나 나쁘게 살면 못 만나니까 착하게 열심히 살아야 만날 수 있는 거 알지?" 최대한 덤덤하게 얘기해주었다. 모녀지간에 오가기에 살벌한 이야기일지 모르지만 우리 상황에서는 이게 최선이자 가장 건강한 대화라 믿었다.

자녀를 떠나보낸 경험이 없는 사람들은 우리의 슬픔을 시간이 해결해줄 거라고 말한다. "산 사람은 살아야지.", "얼른 잊고 앞으로 나아가야지." 하지만 죽음의 길에 아이를 앞세운다는 것은 아무리 노력해도 지워지지 않는 아픔이 생기는 일이다. 상처가 아문 듯해도 문득문득 처음처럼 다시 찢어질 듯 아파온다.

은찬이가 떠난 지 1년이 훌쩍 지나버린 지금도 침대에서 몸을 일으키는 것조차 힘든 날이 있다. 사는 게 괴로워 아무것도 하고 싶지 않은 그런 날에는 은찬이 방에 앉아 은찬이를 떠올린다. 다리에 힘이 빠져 걷지 못하면 바퀴 달린 의자를 밀고라도 걸어 다니던 아이. 눈이 안 보이면서도 공부를 하겠다고 노트에 글자를 한 자 한 자 쓰며 배시시 웃던 아이. 떠나기 며칠 전까지도 재활 운동을 한다며 안 움직이는 팔을 들어 악력기를 꾹꾹 누르던 아이를 떠올린다. 한순간도 포기해본 적 없는 아이. 한순간도 게을러본 적 없는 아이를 떠올리며 한참 울고 나면 이내 스스로 부끄러워

진다. 은찬이가 그토록 살고 싶어 하던 삶인데 이렇게 낭비하며 징징대고 있다니. 부끄러움에 눈물을 닦고 훌훌 털고 일어나 자세를 고쳐 앉는다.

살면서 가장 두려운 것은 죽음이었다. 그런데 이제 죽음이 두렵지가 않다. 사람이 떠날 때는 하늘나라에 있던 누군가가 마중을 나온다고 하니 그날이 곧 아들을 만날 날이기 때문이다. 언젠가는 아들을 다시 만날 수 있다는 믿음, 아들은 그곳에서 잘 지내고 있다는 믿음만 있어도 조금은 버틸 만하다. 그날 은찬이를 만나면 "은찬아, 엄마 너 없이 이렇게 씩씩하게 잘 살다 왔어. 잘했지?"라고 자랑할 수 있도록 하루하루를 열심히 살아야겠다고 다짐하고 다짐한다.

은찬아. 우리 다시 만나. 하늘나라에서 만나면 이번엔 꼭 평생 같이 살자. 사랑해.

에필로그

은찬이의 연주는 끝나지 않았습니다

아들을 보내고 1년이 조금 넘은 지금, 종종 강아지를 데리고 딸과 공원 산책을 나갑니다. 아들의 손을 잡고 다니던 공원, 아들과 앉아 수다를 떨던 커다란 평상에 이제 딸과 누워 하늘을 올려다봅니다. 파란 하늘 위로 재빠르게 지나가는 새하얀 구름을 보며 '은찬이는 저런 아름답고 평화로운 곳에 있겠지?' 생각하고 있으면, 제 생각이라도 읽은 듯 딸아이가 "엄마, 오빠는 아마 천국에서도 공부하고 책 읽느라 바쁠 거예요. 어쩌면 의사가 되어 있을지도 몰라요. 천국에는 의사가 필요 없으려나?" 하며 종알종알 떠듭니다. "음… 오빠는 아마 바이올린을 연주하고 있지 않을까? 집에 있을 때도 안 아플 때면 하루도 빠짐없이 연습했으니까 거기에서는 더 많이 연습해서 우리 만날 때쯤에는 엄청 잘할지도 모르겠다." 우리는 은찬이가 없는 삶에 조금씩 적응해가고 있습니다.

킴리아가 건강보험 급여 등재가 되면서 종종 제 블로그에 감사 인사를 남기는 분들이 있습니다. 집안이 어려워 걱정했는데 아이가 건강보험 적용된 금액으로 치료를 받을 수 있었다는 인사를 받으면 마치 내 일인 듯 기쁘고 뿌듯합니다. 몇 달 전에는 킴리아에 이어 척추성근육위축증에 쓰이는 초고가 신약이 건강보험 급여 목록에 등재되었다는 소식을 전해 들었습니다. 보건복지부에서 신약의 허가와 급여 등재에 소요되는 시간을 줄이는 시범 사업을 진행한다는 소식도 들려 관련 간담회에 가서 좀 더 속도를 내달라고 의견을 내

보기도 했습니다. 옳은 일이라 생각되는 일에 계속 목소리를 내다 보면 결국 누군가에게 가닿을 거라는 믿음이 조금은 생겼습니다.

지난 몇 달간, 아들과의 추억을 되짚으며 울며 웃으며 글을 썼습니다. 그러다가 마지막 장을 다 쓴 날, 갑자기 눈물이 쏟아졌습니다. 요즘 말로 '현타'가 왔다고 하지요. 은찬이의 이야기는 이걸로 끝이구나, 고작 책 한 권이 너의 이야기의 전부이구나, 깨닫는 순간이었습니다.

저는 은찬이의 이야기가 여기서 끝이 아니기를 바랍니다. 은찬이의 바이올린 연주가 이대로 끝이 아니기를 바라고 바랍니다. 바이올린을 들 힘이 남아 있던 마지막 날까지 들려주던, 떨리지만 연약하지 않던 그 선율이 오래오래 기억에 남을 것입니다. 은찬이가 제 마음속, 우리 가족의 마음속에 영원히 살아 있듯이 다른 분들의 가슴속에도 오래토록 남으면 좋겠습니다.

그래서 여러분들이 힘들 때는 용기를 북돋아주고 긍정적으로 살아가는 데 도움을 줄 수 있다면 좋겠습니다. 남을 돕는 일을 게을리 하지 않으며, 자신의 몫에 최선을 다하던 은찬이의 모습을 닮은 사람이 세상에 많아지면 좋겠습니다.

이 책의 모든 내용은 사실이며 등장한 모든 인물 역시 실재 인물 입니다. 은찬이를 마음으로 아끼며 살리기 위해 고군분투해주셨던 박준은 교수님과 김혜리 교수님, 강성한 교수님, 잠깐이지만 진심으로 돌봐주셨던 주희영 교수님, 은찬이가 아픈 와중에도 의사 선생님의 꿈을 꿀 수 있도록 힘을 주며 손때 묻은 해부학책까지 물려주셨던 박규정 선생님 외 많은 의사 선생님들께 감사드립니다. 아주대학교병원, 서울아산병원, 삼성서울병원에서 은찬이를 정성으로 돌보며 응원해주셨던 많은 간호사 선생님들께도 감사드립니다. 은찬이가 걱정 없이 병원 진료를 다닐 수 있도록 도와주신 승택 이사님, 백혈구 수혈을 해준 준호 오빠에게 감사드리며 그 외에도 고마운 분들이 너무 많아 다 언급하지 못한 점 죄송스럽게 생각합니다.

은찬이 만나는 날까지 은찬이의 몫까지 열심히 사는 은찬이네 가족이 되겠습니다. 지금까지 은찬이의 이야기를 들어주셔서 감사합니다.

은찬이의 연주는 끝나지 않았습니다

2022년 10월 23일 초판 1쇄 발행

지 은 이 | 이보연
펴 낸 이 | 서장혁
책임편집 | 장진영
디 자 인 | ROOM 501
마 케 팅 | 윤정아, 최은성

펴 낸 곳 | 봄름
주　　소 | 서울특별시 마포구 양화로161 케이스퀘어 727호
T E L | 1544-5383
홈페이지 | www.bomlm.com
E-mail | edit@tomato4u.com
등　　록 | 2012.1.11.
I S B N | 979-11-92603-02-5 (03810)

봄름은 토마토출판그룹의 브랜드입니다.